6
～教師一筋
恋愛な
暇はあ
井上みつる
Illustration 鈴ノ
JN080805
異世界転移して教師になったが、魔女と恐れられている件

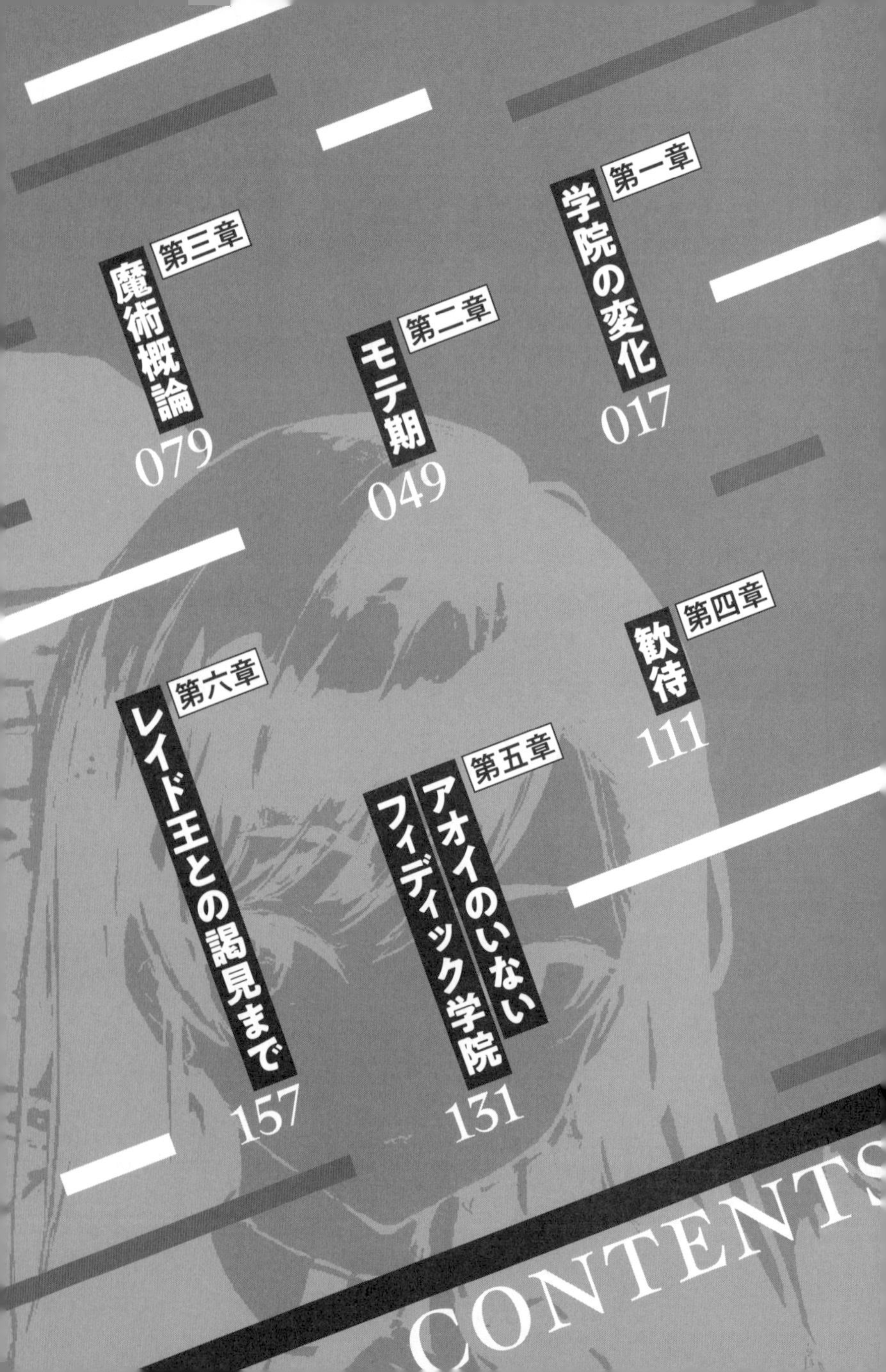

CONTENTS

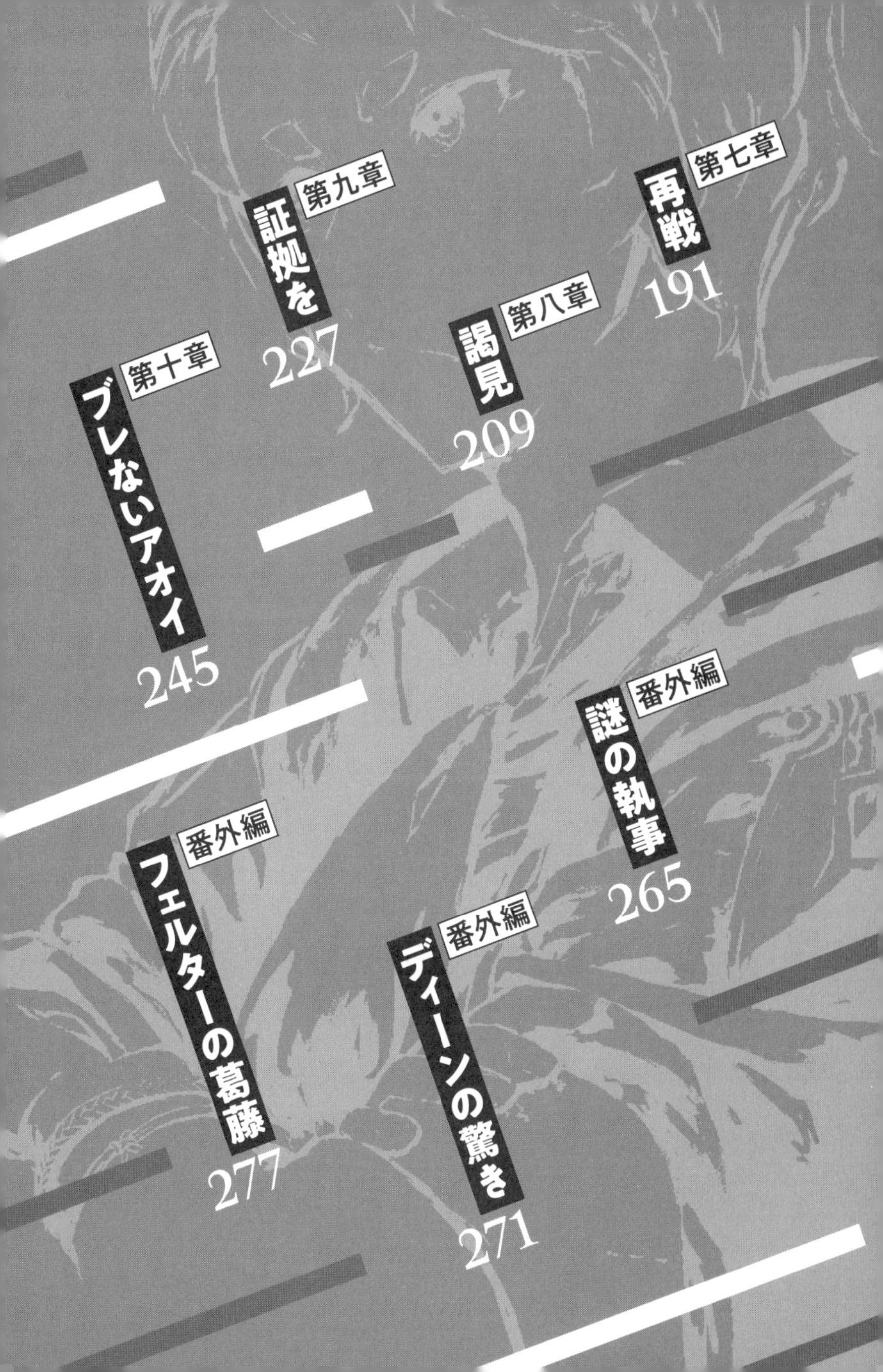

キャラクター紹介

Characters

アオイ・コーノミナト(教員)

異世界に転移した元学校の教師で、現在はフィディック学院の上級教員。圧倒的な魔術の実力で生徒指導や授業を行い、名実ともに上級教員として認められる一方で恐がられている。

オーウェン・ミラーズ

アオイの師匠で育ての親のエルフ。孤高の魔術研究者で特に魔術具が大好き。

ブッシュミルズ皇国

フィオール・ケアン(侯爵夫人)

フェルターの母親。優しいがしたたかな一面もある。

バルヴェニー・ヴィアック(生徒)

第四皇子のハーフ獣人。天候操作の魔術研究に熱心。

ラムゼイ・ケアン(侯爵)

フェルターの父親。ブッシュミルズの番人と呼ばれており、武闘派で有名。

フェルター・ケアン(生徒)

獅子の獣人。身体強化が得意。強者と認めたアオイに師事する。

レンジィ・モエ・トラヴェル（王女）

リベットの長女。魔術の技能はリベットに迫る程で、アクア・ヴィーテの次期女王。

ラングス・リカール・トラヴェル（王子）

リベットの嫡男。アオイの魔術に感銘を受け、教員としてフィディック学院に来た。

リベット・ファウンダーズ・トラヴェル（国王）

アクア・ヴィーテの現国王。高レベルな火の魔術を扱う最強のエルフ。

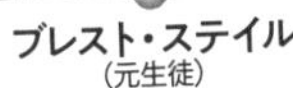

ブレスト・ステイル（元生徒）

ソラレを虐めていたフィディック学院の元生徒。

スパイア・ジン・ステイル（三位貴族）

元老院議員も務めるステイル家の当主。ブレストの父親。

アソール・ティーニック・ブレアー（王族）

エルフとしてはまだ若いが、魔術や学問に長けている。

アクア・ヴィーテ

カーヴァン王国

ロレット・ブラック（公爵）

王弟でバレルの父親。貴族主義で気難しい。

バレル・ブラック（生徒）

選民思想の強い公爵家の次男ということもあり、プライドが高い。

ディーン・ストーン（生徒）

ネガティブで根暗だが、アオイの授業では魔術の飲みこみが早い。

ティス・ストーン（男爵夫人）

ディーンの母親。教育ママのような雰囲気がある。

レイド・ディスティラーズ・レイバーン（国王）

カーヴァン王国の国王。人間不信気味で、身内しか信じない傾向にある。

ジェムソン・レイバーン（王子）

カーヴァン王国の第一王子で、高慢な態度を取りがち。

アードベッグ（魔術師）

カーヴァン王国の宮廷魔術師長で火の魔術を得意とする。

グランサンズ王国

グランツ・ハイリバー・グランサンズ（国王）
ドワーフの王。自国の製作する武具・防具に絶対の自信を持つ。

エライザ・ウッドフォード（教員）
土の魔術担当のドワーフ。魔法陣研究のためにアオイに弟子入りする。

ヴァーテッド王国

カリラ・ネヴィス（首領）
ウィンターバレーの裏社会の中心組織「ネヴィス一家」のボス。

グレン・モルト（学長）
侯爵で大魔術師としても有名なハーフエルフ。オリジナル魔術に目がない。

ストラス・クライド（教員）
風の魔術担当。寡黙で人付き合いは不器用だが、アオイやエライザと仲が良い。

ロックス・キルベガン（生徒）
第二王子で主要四属性の魔術が優秀なため傍若無人だったが、お仕置きを経て改心する。

ソラレ・モルト（生徒）
グレン学長の孫。優秀な成績を収め飛び級で高等部に上がるが、同級生からの虐めを受けて不登校になってしまった。

ミドルトン・イニシュ・キルベガン（国王）
強面な反面、良識がある。

レア・ベリー・キルベガン（王妃）
陰で統治を支える政治力がある。

スペイサイド・オード（教員）
水の魔術担当。貴族寄りの立場。

アラバータ・ドメク（近衛騎士団）

近衛騎士団副団長。大柄の狐の獣人。豪快な性格だが苦労人。

オルド・クェーカー・ローゼンスティール（子爵）

シェンリーの父親。貴族思想が強く頑固な所がある。

シェンリー・ルー・ローゼンスティール（生徒）

飛び級で高等部に上がるが、気弱で虐められていた犬の獣人。助けてくれたアオイを慕う。

ハイラム・ライ・ウォーカー（生徒）

第三皇子。社交的で女子生徒にアイドル的な人気がある。

ディアジオ・レスブリッジ・カルガリー・ウォーカー（皇帝）

自国の聖女・聖人に頼り切りな状況を変えようと考え、アオイを国に招く。

クラウン・ウィンザー（宮廷魔術師）

"魔術狂い"と呼ばれる程、魔術の開発が大好き。

グレノラ・ノヴァスコティア（寮長）

女子プロレスラーのような見た目で恐がられているが実は聖女。

フォア・ペルノ・ローゼズ（教員）

水の魔術担当の上級教員。アオイの授業を受け、上級教員として認める。

メイプルリーフ聖皇国

コート・ハイランド連邦国

リズ・スチュアート（生徒）

三人組の中で姉的な存在。

ベル・バークレイ（生徒）

三人組の中で妹的な存在。

アイザック・ウォルフ・バトラー（議員）

コートとアイルの父親。力のある代表議員の一人。

コート・ヘッジ・バトラー（生徒）

上級貴族。誰に対しても物腰が柔らかく優秀で、女子生徒にモテる。

アイル・ヘッジ・バトラー（生徒）

コートの妹でブラコン気味。リズ、ベルと三人組で行動する活発な女の子。

コート・ハイランド連邦国
他の五大国に攻めいられぬように集まり出来た複数の小国による連邦国。

大陸の中央に位置していることと、四ヵ国に面していることから交易が盛ん。

しかし、各小国の代表が意見を交わしあって政治を行っている為、迅速な対応は出来ず、指針が保守的になりやすい。

カーヴァン王国
人間至上主義であり、選民思想が最も強い国。

貴族主義であり政治思想も古いままだが、商売という面では強か。

六大国内で最も海軍に力を入れており、隣の大陸と交易を行うメイプルリーフに船の提供もしている。

メイプルリーフ聖皇国
女神が国を興したという逸話があり、大陸で最も人数の多い聖神教会が大きな権力を持っている。

その環境から癒しの魔術を学ぶ者が多く、聖人、聖女と呼ばれる最上位の癒しの魔術師を最も輩出している。

ヴァーテッド王国
歴史ある大国だが、貴族社会が根強く、亜人種への差別意識もある。

大陸の中央に位置している為、防衛費に多額の予算を割いており、国力が高い。

戦の歴史が長い分、魔術師の技量はトップクラス。

ブッシュミルズ皇国
獣人が多い為、獣人の国と揶揄されることもあるが、亜人差別を受けた者達の移住先でもある為、多種多様な種族が暮らしている。
ただ、無差別に難民が集まっている分無法者も多く、高く売れるドワーフの武具を盗む輩が定期的に現れる為、グランサンズとは良好な関係とは言いづらい。
グランサンズ王国
ドワーフ達が鍛冶を行う為に鉱山を削って作り上げた国。
世界最高レベルの武具や防具が作られている。
小さいながらも魔獣の多い山や森を開拓して作り上げただけあり、天然の要塞である王都は難攻不落。
ウィンターバレー
最上級の魔術学院、フィディック学院を有する為、六大国の庇護下にあるヴァーテッド王国の特別自治領。

Story

過去にソラレを虐めていた同級生に謝罪させるべく、
再び**エルフの国アクア・ヴィーテ**に乗り込んだアオイ達一行。
虐めっことその家族に
レベルの高い魔術をもって実力を見せつけるが、
エルフ至上主義を掲げ何としても自分の非を認めない。
それどころか、アクア・ヴィーテの元老院にて
魔術を披露するよう求めるのだった。

訪れた元老院では次期国王候補が招致されており、
そこにはなんと**アオイの師匠であるオーウェンがいた!**
再会を喜ぶのも束の間、国王候補たちも同席の上、
元老院とアオイ達による魔術披露が始まった。
それぞれ高レベルの魔術を披露するも、
アオイは**それらを軽く凌駕する魔術を見せつける。**
更に現れた国王が発動させた「王家の秘術」さえも超越し、**種族に優劣など存在しない事を証明**した。そんなアオイの力に
感銘を受けた**王子ラングスが突然求婚**し、周囲を驚かせる。

一騒動ありながらもアオイの言動に感服した国王は、
他種族への**差別的な発言や対応を禁止する勅令**を出し、
ソラレの虐め問題は幕を閉じた。
一方、ヴァーテッド王国では「アオイがエルフの王子に求婚された」
と聞いた**六大国の代表者が緊急会議**を開き――。

第一章　学院の変化

エルフの王国アクア・ヴィーテより、第一王子のラングスが教員としてフィディック学院に来た。閉鎖的なエルフの王国から生徒が編入してくることも異例だというのに、エルフの王族が教師としてフィディック学院に雇われるなど、到底あり得ない事態である。

裏には複雑な経緯があってのことではあるが、一般の生徒達はそんな事情は一切知らず、突然フィディック学院にエルフの王族の教員が現れた、としか思っていない。

そういったこともあり、エルフの王族でありながら意外とオープンな性格のラングス・リカール・トラヴェルは早々にフィディック学院に馴染んでしまった。

教員として来たこともあり、ラングスは人間や獣人、ドワーフ族に敬意をもって接している。気さくで話しやすいエルフの青年とはこうもモテるのか。私ですらそう思ってしまうほどラングスは女子生徒の人気を獲得していた。

一方で、きちんとソラレに対してのケアも忘れずに足を運んでいる。その真摯な姿勢はとても好ましいと感じた。それは学長でありソラレの実の祖父であるグレンも同様に思っているようだった。

「ソラレも、少しずつラングスと会話を出来るようになってきたぞい。まぁ、まだ挨拶を返す程度じゃが、それでも以前から考えたら信じられんことじゃ。わしもエルフの国には色々と思うことがあったのじゃが、ラングス殿のお陰で印象が変わってきた気がするのう」

グレンのその言葉を聞き、ラングスがきちんと誠意をもって接しているのだろうと感じられた。結果、私の講義に何食わぬ顔でラングスが加わっていても、何も言わないでおいたのである。

「質問だ」

「はい、ラングス先生」

講義の途中でラングスが挙手をして声を掛けてきたので、一旦講義を中断して返事をした。視線を向けると、ラングスは律儀に立ち上がる。

フィディック学院の教員専用のローブを着ている為分かりづらいが、すらりとしたエルフらしい体型だ。また、透き通るような白さの肌と、キラキラと輝く黄金の髪が目を引く。まさに、物語に出て来るエルフを体現したかのような存在だ。

見た目はまさにエルフという見目麗しい姿をしているのだが、その魔術に関してもエルフの代名詞である精霊魔術に精通している。もちろん、エルフとしては若い為、まだまだエルフの国でトップの魔術師には遠く及ばないだろうが、それでも人間の魔術師に比べれば高い実力を保持していると言えるだろう。

そんなラングスだったが、各上級教員の講義には出来るだけ参加する勉強家でもあった。今回も私の魔術概論応用編に出席して噛り付くような勢いで講義を聞いている。

「エルフの魔術、精霊魔術では各元素の精霊がおり、その力を借りて魔術を発現させている。いや、そう考えていた。だが、この学院の魔術師達は違うと教えている。驚くべきことはその精霊魔術以外の考え方というものが幾つもあるということだ」

そう言われて、顎を引いて浅く首肯する。

「それは、例えばメイプルリーフの癒しの魔術や、ブッシュミルズの肉体強化魔術などのことでしょうか？」

個人的な意見を口にすると、ラングスは曖昧に頷いた。

「その二種類もそうだな。しかし、個人的に最も不思議なのはアオイの魔術だ。何度聞いても意味が分からん」

と、ラングスは首を傾げながらつぶやいた。それにシェンリーが驚いたような声をあげる。

「え？　むしろ、アオイ先生の魔術の方が分かりやすい気が……」

シェンリーがラングスの言葉に疑問を口にすると、ギラリと鈍い光が幾つもシェンリーに向いた。ラングスの周囲を囲むようにして陣取る女子生徒達である。

「ちょっと、シェンリーさんでしたっけ？　ラングス先生が分からないというのに、貴女が何を理解できるというの？　我々のような勉強途中の者が理解できるのは表面的な部分で、ラングス先生のような一流の魔術師が分からないというのはもっと深淵に近い部分のことですよ。逆に、アオイ先生もラングス先生の魔術の深い部分は理解できないはずですからね」

ラングスの隣に立つ勝気な雰囲気の女子生徒が胸の前で腕を組み、怒ったようにそう言った。フォローされたラングスは苦笑を浮かべつつ、その女子生徒の肩に手を乗せる。

「いや、アオイは恐るべきことに精霊魔術を理解しつつある。恐らく、このフィディック学院という環境のおかげだろう。各国の個性豊かな魔術が雑多に交じり合うこの空間は、無意識に様々な魔術の在り方を知ることになる。そういった環境ゆえに、全く違う体系の魔術でも素早く骨子に辿り着くのだろう」

と、ラングスは自身の考えを述べた。しかし、肩に手を置かれた女子生徒はそれどころではないといった様子だ。顔を真っ赤にして固まり、間近に迫ったラングスの横顔を凝視している。間違いなく、ラングスの言葉は耳に届いていない。

「せ、先生！　わ、私もそう思います！」

「そうですよ！　逆に、ラングス先生もフィディック学院にずっといれば、すぐにアオイ先生の魔術を理解できるはずです！」

周囲の女子生徒がラングスに群がるように一斉に意見を口にする。その様子を醒めた目で見ていると、ラングスは困ったように笑いながら何度か小さく頷いた。

「……そうなると良いがね。いや、それにしてもフィディック学院の生徒達は優しいね」

そう言って笑うラングスに、最近すっかり影が薄くなってしまったスペイサイドが眉間に皺を寄せて溜め息を吐く。どうやら女子生徒のファンを奪われたと感じているらしい。スペイサイドも教員の中では女子生徒に人気のある方だったので悔しいのだろう。

そう思ってみると、ラングスとスペイサイドの関係性も中々面白い。

ちなみに、ラングスは教員としてフィディック学院に来ているのだが、難解なはずのエルフの精霊魔術は大盛況となっている。初日から私の講義より参加する生徒の人数が多い状況だ。

それに関しては甚だ不服であるが、文句を言っても仕方がない。

「さて、少し話が逸れてしまいましたが、回答させていただきます。どの魔術にも共通することは、魔力という見えない力を何かに変換している、というものです。これについてはエルフの精霊魔術についても同様だと考えております。魔力を媒介に精霊という仮の存在を召喚していると私は理解しています。それだけなら無駄な行為に思えますが、実際に精霊という存在を具現化した場合、他の魔術ではできなかった事象を起こすことが出来ました」

そう言いながら、精霊魔術を再現して見せる。一週間ほどかけて作った精霊魔術を使用する為の魔術具だが、まだまだ不安定だ。細かな調整が課題ではあるが、最低限の精霊魔術はどうにか行使することが出来た。

「……水龍（ミ・ラドラ）」

呟くと、自分のすぐ傍に小さな水の龍が出現した。蛇にも似た姿の水龍は、水中を泳ぐように体をくねらせながら私の体の周りを飛んで回る。

それを見て、ラングスが目を瞬かせた。

「……それは、アオイの精霊か？　いや、精霊は目には決して見えないはずだが……」

ラングスが困惑しながらそう口にすると、周囲に立つ女子生徒達も眉間に皺を寄せる。皆の視線を軽く受け流しつつ、片手を上げて水龍を手のひらの上に移動させた。

ふわふわと浮く水龍が私の顔の前で首を左右に動かしている。

「精霊は見えないものという概念が私にはありません。むしろ、精霊という存在がいるならば姿は見えて当然だと考えています。それで、精霊がいる時の利点を解説させていただきます」

言いながら、手のひらを前に向けた。すると水龍がふわりと生徒達が座る席へと空中を泳いでいく。皆が不思議そうにその光景を眺める中、私は魔術を発動させた。

「……氷の息吹（ラドラ・コル）」

呟いた直後、水龍は小さな口を大きく開けて白い息を吐いた。机の上の一部が真っ白に染められていき、すぐに息を吹きかけられた部分が凍り付いた。

「きゃっ!?」

目の前の机が凍り付いて驚く女子生徒。驚かせてしまったことを申し訳なく思いつつ、すぐに次の魔術を詠唱する。

「……小火（ブラン）」

魔術名を口にした瞬間、前に突き出していた手から小さな火の球がゆっくりと飛んだ。それを見て、生徒達に交じって講義を受けているストラスが小さく口を開く。

「……相反する魔術を遠距離と近距離で同時に？」

二つの相反する魔術を同時に発動している上に、片方は遠距離での発動で、もう一つは間近での発動である。通常の魔術の使い方でも出来なくはないが、相当に緻密な魔力制御が必要となるだろう。

だが、この疑似精霊を生み出すことにより、とても楽に発動が出来るようになる。ある意味、補助者が付いてくれるようなものだ。即時に意思疎通が出来る補助者がおり、魔力のコントロールを手伝ってくれる。

「このように、同一の魔力を用いて別々の魔術を同時に展開することが出来ます。私はまだ精霊の制御が未熟な為、距離に関してはこれ以上遠くにすることが出来ません。しかし、いずれは目の届く範囲であればどこでも魔術を使うことが出来るようになるでしょう」

そう告げると、生徒達の中でざわざわと驚くような声があがった。複数の魔術を同時に行うことは難易度が一つ上がる。更に、全く違う魔術を二つ同時に発動するのは上級を超えた難易度である。

そして、更に距離も違う場所での魔術の行使となると特級以上の難易度だろう。魔術師ならば、それを易々と行えるということがどれだけ凄いことか分かるはずだ。

「それは、例えば上級の魔術を二種類、なども可能ということですか」

スペイサイドが真剣な顔で尋ねてきた。それに頷き、答える。

「可能です。ある意味、この精霊は自らの分身のようなものです。最低限の指示を出しておけばある程度自立して動くことも出来ます。ただ、どうしても集中力が分散してしまう為、一つの魔術を使う時よりも威力や精度は下がります」

そう告げると、ラングスが難しい顔で首を傾げた。

「……それは、確かに驚くべき魔術だが、精霊魔術とは根本的に違うのではないか？」

ラングスがそう答えると、ラングスの周りを囲う女子生徒が何故かホッとしたような顔をする。それを不思議に思いながらも、水龍を手元に引き戻す。

水龍は私の体の周りを泳ぐように飛んだ。その様子を目で追いながら、魔術の解説を続ける。

「エルフの扱う精霊魔術を分析したところ、同時に複雑な魔術を掛け合わせて効果を高めていると思われる部分がありました。それこそ、エルフの王国の元老院議員達の魔術がそうですね。もっとも顕著なのは木を操作した魔術です。木を成長させる魔術と形状を変化、固定させる魔術などを同時に行いながら橋を構築したものと推測されます。あとは、エルフの火も同様ですね」

そう言ってから、目の前で小さな火の球を作り上げる。

温度を上げるべく火を活性化して分子の移動を速める。更に、酸素を加えながら火の球が大きくならないように制御する。炎を燃え上がらせつつ火球のサイズを維持すると、小スペースに膨張しようとする火と酸素を抑え込む必要がある為、温度が上がれば上がるほど圧力が増していく。

結果、急激に高熱化した火の球は色を赤から白へと変化させるのだ。

恐らくは、これがエルフの火の秘密だろう。皆がこの魔術を上手く扱うことが出来ないのは、原子や分子の移動による熱エネルギーの存在を想像できていないからだろう。

事実、私が即席で作成したエルフの火を見て、ラングスは目を丸くして驚いた。

「……まさか、エルフの火を再現したのか？　しかし、やはり我々の魔術とは少し考え方が違うようだ。精霊はそのように思い通りに操れず、才能の無い者では意思の疎通すら難しい。その代わり、精霊の友となることが出来たなら、どんな状況であっても精霊が身を守ってくれるという」

「……どんな時も、ですか？　もしそれが意識を失ってしまっている時や、眠っている時であっても、という意味なのであれば、それは確かに私が作り上げた疑似精霊とは違うものですね」

ラングスの言葉に自身の推測が間違っていた可能性に気が付き、聞き返す。それを聞いて、ラングスよりも先に周囲で群れる女子生徒達が腕を組んで笑みを浮かべた。

「ほらね」

「エルフの魔術がそんなに簡単なわけないじゃない」

女子生徒達がそんな会話をする様子を見て、頷く。

「そうですね。私の精霊に関する考え方が間違っていたようです。改めて、別の視点から精霊魔術について研究をしなくてはなりませんね」

そう答えると、女子生徒達は戸惑ったように顔を見合わせる。そして、ラングスは苦笑を浮かべながら首を左右に振った。

「いや、精霊魔術の強みはきちんと押さえてあったと思う。しかし、精霊魔術とは違うというだけだ」

ラングスはフォローしようとしてくれたようだが、中々落ち込んだ気持ちが戻ることは無かった。精霊魔術を摑みかけたと思ったのだが、どうやら勘違いだったらしい。

「……いえ、逆に考えるなら、まだまだ魔術の深淵は深いということです。無から有を作り出す魔術は多くありますが、疑似ではなく精霊という生命を呼び出すというのは……興味深いですね」

そう言って口の端を上げると、なぜかラングスの周りに集まっている女子生徒達が揃ってウッと呻いて顎を引いた。どうしたのかと思っていると、なぜか視線を逸らされてしまう。

何か余計なことを言っただろうか。

◇

週末になり、教員それぞれに割り当てられた研究室に足を運ぶ。

土の魔術で作り上げた為、コンクリート製に近い見た目の建物だ。魔術の暴発を考慮してか、かなり壁の厚い建物である。室内に入って鋼鉄の扉を閉めると外界と遮断されたように音がほとんど聞こえなくなる。

グレンに許可をもらって改造させてもらったのだが、かなり頑丈に強化することが出来た。これで多少の衝撃にも耐えられるだろう。

「……さて、最初から検証をし直しましょうか。まずは、精霊の概念についてですね」

【ＳＩＤＥ：グレン】

執務室の大きな木の机に羊皮紙を何枚か広げて、グレンは頭を抱えて項垂れていた。

羊皮紙には各国の王や議員といった重要人物の印が押されている。羊皮紙の枚数は十枚、二十枚ではない。広い机の上にすべてを並べることができないから幾つも重ねて広げているくらいである。様々な書き方で書かれた手紙、書状の類だが、要約すると内容はあらかた一つに絞られてくる。何枚も読み進めていき、グレンもそれが分かった為に頭を抱えているような状況だった。

「……困ったのう」

弱弱しい声でそう呟き、一番上に置かれた書状に視線を向ける。書状には、フィディック学院に子供を入学させたい、という内容が書かれていた。それだけならばまだ良いが、是非アオイの講義を受けさせてほしいとも記載されている。

「……生徒が編入するのは良いのじゃが、どう考えても目的は魔術以外にもありそうじゃし」

ため息交じりに呟いてから、他の書状に目を移した。魔術を習わせたいと書いてあるのに、その編入希望者が十八歳から二十歳。中には二十二歳という者もいた。若くして軍部の魔術師団に所属しているという者もいる。そして、希望者は全て男性だった。

そんな貴族の子息達が、なぜこぞってフィディック学院に入学したいと言い出したのか。

理由は違っても、その目的は一つである。

「アオイ君か……どう考えても嫌がるじゃろうなぁ」

グレンはそう呟き、また深い溜め息を吐く。

「いつからフィディック学院はお見合いの場になったんじゃろうなぁ……困ったもんじゃわい」

そう呟いてみても、答える者は誰もいなかった。

その日は午前中で講義が終わり、午後の予定もなかった為、学院の中庭にあるベンチに座ってゆっくりとした時間を過ごしていた。そこへ、本を片手に読みながら歩くコートが姿を見せた。こちらの存在に気が付き、本から顔をあげて優しく微笑む。

「アオイ先生。休憩ですか？」

コートにそう尋ねられ、頷いて答える。

「はい。とは言っても、午後の予定が特にありませんので、暫くぼんやりしていようかと……」

そう言って苦笑すると、コートは声を出して笑った。

「珍しいですね。アオイ先生にもそんな日があるんですか」

と、意外そうに言われた。確かに最近はフィディック学院のある街、ウィンターバレー内の探検もやり尽くした感じである。これまでは見知らぬ場所や店を見て回っていたが、最近はお気に入りの店にしか行っていない。

マンネリ化というやつだろうか。そんな状況もあり、講義が終わって研究する気力がない時は一人でゆっくりする事も増えた。

「最近はちょっとゆっくり過ごすことが増えましたね。研究が行き詰まっているからかもしれません」

そう言って苦笑すると、コートは目を瞬かせて驚く。

「アオイ先生がですか？　アオイ先生はすでに魔術の深淵に辿り着いてしまっているのかと思っていましたよ。むしろ、アオイ先生でも出来ないことがあるのかと安心したくらいです」

コートは真面目な顔でそう口にすると、爽やかに笑った。魔術の深淵などとんでもない。暗闇の中を歩くように、魔術には分からないことばかりだ。そう伝えようと口を開きかけた時、遠くから大きな男の声が聞こえてくる。

「む!?　ふ、二人で何を……お、おお。二人とも。これは奇遇だな!?」

現れたのはロックスだった。ロックスは挙動不審な動きと言葉を発しながら、何食わぬ顔で挨拶をしつつ、私の隣に座った。

「……会話に交ざりたかったんですか？」

コートがいつもより低い声でそう尋ねると、ロックスは腕を組んで睨み返す。

「そんな寂しがりのような言い方をするな！　ただ、歩くのに疲れたからベンチに座っただけ

だ！」

「……手前にもベンチはありましたが、わざわざ通り過ぎてここに？」

「あのベンチは何となく好きじゃないからな」

コートの素朴な疑問にロックスは怒ったように答える。そんなやり取りに、思わず笑ってしまった。

「……見ろ、笑われたぞ」

「一緒にしないでください。明らかに笑われた対象は一人でしょう？」

私が笑ってしまったせいか、二人はチクチクと罵り合う。二人がそんなことをしていると、今度は大柄な男の影が見えた。見上げるような筋肉質な男だ。ふさふさの髪の毛の中には獣の耳のようなものが覗いている。

「フェルター？　珍しいところで会ったな」

ロックスが腕を組んだまま見上げて名を呼ぶと、フェルターは鼻を鳴らして顎をしゃくった。

「……俺がどこを歩こうと関係ないだろう」

ぶっきらぼうにそう呟くと、フェルターはこちらを見て口を開く。

「コートとロックスがアオイと話しているということは、例の噂か」

「例の噂？」

フェルターの言葉に首を傾げて聞き返す。噂と聞くと、初めてのエルフの教員であるラングスのことを思い浮かべるが、今いるメンバーとは関係性が薄い。

いったい、なんの噂だろうか。

そう思っていると、ロックスが眉根を寄せて口を開いた。

「ちょっと待て、その話はまだ……」

ロックスが慌てた様子でフェルターを止めようとする。その様子を見て、なぜか嫌な予感がした。

「大丈夫です。聞かせてください」

ロックスの話を遮ってそう答えると、皆が揃って顔を見合わせた。そして、コートが代表するように口を開く。

「それが、各国の代表達も少々困っている状況でして……その、アオイ先生の講義を受けたいという貴族の子息が多数フィディック学院に編入をしてくるみたいです。それも、皆各国で魔術師として期待されている逸材ばかりらしく……」

「そんな人達が私の講義を？　あ、ラングスさんが教員になった理由が私だと知られたということですか？　それで変な噂になっているとか……」

過去にも学院の魔女だのなんだのとありもしない噂が流れた為、またも同じようなことがあったのかと思ったのだ。しかし、そう聞き返すと、コートは黙って首を左右に振った。

そして、話を引き継ぐようにロックスが口を開く。

「……いや、そんな話ではない。アオイという魔術師が若くしてグレン学長にも並ぶような超一流の魔術師であると知り、欲のはった貴族どもが息子の結婚相手にしようと躍起になっている、ということだ」

と、ロックスが吐き捨てるようにそう言った。

その言葉に首を傾げながら意味を理解しようと頭の中で反芻する。結婚相手？　誰の？　私の？　ロックスはいったい、何を言っているのだろうか。

疑問符が次から次に湧いてくる。意味が分からず思考がまとまらない。

そうしていると、フェルターが腕を組んでこちらを見下ろした。

「……それで、アオイは結婚する気はあるのか」

そんな質問に、無意識に即答する。

「あるわけがありません」

はっきりとそう告げると、フェルターは長い息を吐いた。コートとロックスもなんとも言えない顔で頷いたり首を左右に振ったりしている。

「見も知らぬ奴らだ。当然だな」

「いえ、そもそも結婚をする気がないという話では？」

「……どちらにせよ、アオイに結婚する気が無いと分かったんだ。どこの馬の骨が来たところで蹴散らしてやれば良い」

と、三人はひそひそと変なやり取りをし始める。

「……蹴散らすとかいう言葉が聞こえた気がしましたが」

「な、なんでもない！」

疑問を口にすると、ロックスは慌てた様子でそう言ったのだった。

◇

一ヶ月後、今度こそという気持ちで私は学院内を歩いていた。

講義が終わり、自分の研究室へ一直線に向かっている。もちろん、精霊の魔術の研究のためだ。途中、色々と検証を重ねたりしてみたが行き詰ってしまった。それで数日を無駄にしてしまったが、別の角度から考察をしてみたところ解決の糸口が見えた気がしたのだ。

それは、メイプルリーフ聖皇国の癒しの魔術である。

精霊という存在は目に見えず、実態がない為、生命体とも思えない。しかし、魔術を行うにあたり重要な要素となる。そういった観点で見ると、メイプルリーフの癒しの魔術にも似たような部分があった。

それは聖人や聖女といった最上級の癒しの魔術師に現れる現象である。一見、精霊の魔術とは似て非なる魔術だが、ある意味で共通する部分がある。

癒しの魔術も、見えない何かが力を行使している可能性がある、という点だ。

聖人であるアウォード宮廷魔術師長が実際に目の前で行使した魔術だが、一定範囲内の怪我人を一気に癒してしまうというものだ。なにせ、視界に入っていない人物まで治療してしまうのだ。こちらの魔術も私には理解不能で研究を中断していた魔術だったが、精霊の魔術を知った今なら解決する為の仮説を立てることくらいは出来るようになった。

つまり、精霊に近い何かが魔術を行使した本人以外の感覚を補っているのだ。それならば、壁の向こう側でベッドに入ったままの怪我人を治療することも出来るだろう。逆に私が癒しの魔術を使おうと思ったら、必ず対象者を確認して怪我の度合いや部位を見ておく必要がある。そうしなければ、どこを治療するべきか分からないからだ。

もし、自らの意思で考えて行動することが出来る精霊などを生み出すことが出来たなら、自分自身から見えない場所にいる怪我人を治療することも可能になるだろう。

これは、今まで研究してきた魔術と根本的に違うものであり、新たな魔術の体系を確立することにも繋がるだろう。それはつまり、念願だった空間や別世界への移動といった魔術の開発に一歩前進するかもしれないということだ。

問題はその手法だが、それも精霊魔術の研究が進めば徐々に形になってくるだろう。今のところは目に見えない精霊という存在に魔術を補助してもらうという情報しかないが、もし精霊の出現を操作できるならば大変興味深いものとなる。

精霊は普段は深い森の中や水辺などに生息していて、それを空間を跳躍して呼び出しているのか。

それとも、精霊達だけが棲む別の世界があり、そこから召喚して精霊を使役しているのか。

「……そう考えると、やはり精霊という存在そのものに焦点を当てて研究をしておいた方がよさそうですね」

そう呟いて顔をあげると、タイミング良くラングスが歩いて来るのが見えた。珍しいことに、女子生徒ではなく男連れで歩いているようだ。

「む、アオイか」

「おお、アオイ」

二人同時に気が付いたらしく、揃って手をあげて私の名前を呼んできた。

「ラングスさん、ストラスさん。二人が一緒にいるのは珍しいですね」

そう言って歩み寄ると、ラングスがストラスを横目に口を開く。

「ストラス殿はとても面白い。特に、魔術に対する情熱や精霊魔術に対する妙な意識が無いところも気に入っている」

「……エルフの精霊魔術を教えてもらっている」

ラングスはまっすぐにストラスが気に入ったと笑い、ストラスはその言葉に照れくさそうにして答えた。対照的な二人に見えるが、どうやら気が合ったらしい。

「ストラスさんは才能豊かな魔術師ですからね。私もストラスさんの実直で誠実な性格が好きですよ」

ラングスの意見に同意して答えると、急にストラスが咳ばらいをしてそっぽを向いた。それを見てラングスも変な顔をする。

「……よし、後でストラスと話すことが出来たな」

少し低いトーンでそう呟くと、表情を変えてこちらを見た。

「それで、アオイは何をしていたんだ？　また魔術のことか？」

「え？　まぁ、そうですね。先日の精霊魔術の研究が間違っていたことが分かったので、根本から研究をやり直しているところです」

そう告げると、ラングスは腕を組んで成程と顎を引く。

「ならば、私がもう少し精霊魔術について手ほどきするとしよう」

「それはありがたいですが、今はもうラングスさんも教員になられているので、中々時間が……」

「何を言う。私の講義など週に数回だ。その間を使って魔術の研究に充てようじゃないか。はっはっは！　共同研究だな！」

ラングスが大声でそんなことを言いだしたので、思わず周囲を確認してしまう。すると、予想通り学生や教員の姿がちらほらあり、こちらを見ている者もいるようだった。

「……変な噂にならないように気を付けてほしいと言ったと思いますが」

少し怒気を含ませてそう告げるが、ラングスは眉をハの字にして困ったように笑うだけだった。

悪意は無いのだから、タチが悪い。

◇

「めっちゃモテるんじゃのう」

「……はぁ」

「困ったことに、な」

フィディック学院の執務室で、グレンが苦笑交じりに呟き、ヴァーテッド王国のミドルトン王とレア王妃が揃って額に自らの手を当てた。

「エルフの王族が教員になったって話はまだ一部しか知らないはずでしょう？　何故、この時期にこんなに大量に……」

レアが誰にともなくそう呟くと、ミドルトンが腕を組んで唸る。

「……そもそも、前回の文化祭を経てアオイの実力は諸外国に知れ渡っている。その噂を聞きつけた野心家共が情報の真偽を確かめつつ、国内の派閥の牽制をしていたと考えると、早過ぎるほどではあるまい」

ミドルトンがそう答えると、レアはテーブルの上に置かれたティーカップに手を伸ばす。実は、白いティーカップセットはグレンのお気に入りである。今回はミドルトン達に助けを求めた建前上、そっと食器にも気を配ったようだった。

そのティーカップをソーサーに音を立てて置き、レアは鼻息荒くミドルトンを睨む。

「困るわね。これ以上ライバルが現れるのは望ましくないわ」

「とは言ってもな。アオイは一般市民出身の上級教員という扱いだ。逆に我が国の貴族だった方が色々と楽だったが、こればかりは仕方がない」

ミドルトンが溜息交じりにそう呟き、グレンは曖昧に笑いながら同意した。

「そうじゃな。むしろ、権力に興味が無いアオイからすれば王族などマイナスに考えそうじゃし」

「グレン侯爵？」

「ひぇ……！　口が滑ったわい……」

レアに睨まれて、グレンは息を呑んで窓の外を見つめた。空は憎らしいほど晴々とした青空である。

その空を目を細めて眺めていたグレンに、眉を吊り上げたレアが口を開く。

「確かに、アオイは魔術師らしい魔術師です。魔術に対して全力で脇目も振らない。そんな性格だから、王族になることで受ける不自由さを許容しないかもしれません。しかし、ものは考えようです。王族だからこそ可能な研究もあるでしょうし、大国ならば王家の秘宝が存在します。それらを考慮すれば、王族になることにも前向きに……」

「アオイ君はそういう考え方はあまり好かんのじゃないかのう」

レアの発言に思わずグレンが反論してしまう。すると、レアがギロリと音がしそうなほどグレンを睨んだ。グレンは首を竦めて再び視線を逸らしたが、レアはすぐに深い溜め息を吐いて頷く。

「……はぁ。そうでしょうね。だからこそ、私はアオイのことが気に入っているんですから」

レアが肩を落としてそう呟くのを見て、ミドルトンがホッとしたような顔で口を開いた。

「グレン学長。学長判断として、これほどの数の人員は受け入れることができない等と言って断ることは出来ないのか」

ミドルトンが片方の眉を上げてそう告げると、グレンは肩を軽く竦める。

「我がフィディック学院はどんな地位、立場の者でも魔術の才さえあれば受け入れる。それが学院を設立時に交わした約束事の筈じゃ。それを掲げたわしが、後から取り下げることなどできんじゃろう」

「……それを言うならその言葉を認めた六大国も同様だな」

ミドルトンはそう言ってから立ち上がると、片方の口の端を上げて鼻を鳴らした。

「さて、うちの馬鹿息子はどうなるのか」

ミドルトンの独り言に、レアが片手を額に当てて首を左右に振ったのだった。

◇

研究室に籠って魔術の研究を続けていると、不意に扉を叩く音が響いてきた。頑丈に改造した研究室だが、扉を金属にしたお陰で音が良く響いてしまう。

今度は二重扉にしようか。

そんなことを考えつつ、扉を開けに移動した。

「はい、何かご用事ですか？」

扉を開けて顔を出すと、新鮮な夜風が頬を撫で、スッとしたような心地になる。

それに違和感を感じて顔を上げると、空はすっかり真っ暗だった。

「……やはり時間を忘れていたようだな」

呆れたような顔と声で、ストラスがそう呟く。

「だ、ダメですよ！　ちゃんとご飯の時間くらいは外に出ないと！」

と、ストラスの隣でエライザがそんなことを言った。どうやら、根を詰めて研究していると思って心配してくれたらしい。

優しい同僚二人に微笑みつつ、答えた。

「そうですね。そろそろ休憩しようと思っていたところです。もし良かったら、三人でお食事に行きませんか？」

そう尋ねると、エライザが嬉しそうに頷いて私の手を取った。

「はい！　それでは、今日は新しくできたお店に行ってみましょう！」

「……新しいお店。それは、お肉料理ですか？」

　エライザがウキウキしながら案内しようとするので、思わず先回りして質問をしてしまう。すると、エライザが目を丸くして驚いた。

「え？　なんで分かったんですか!?」

「肉と酒が好きだからな、ドワーフ族は」

　エライザの疑問に律儀にストラスが答える。それに苦笑して頷くと、エライザは少し恥ずかしそうに頬を掻いた。

「あ、あははは。こ、今度はお魚の美味しいお店を探しておきます！」

「いえ、エライザさんの好きなもので大丈夫ですよ」

「いいえ！　お魚です！　覚えましたから！」

　笑いながらそんな会話をして、私達はディナーを楽しむ為に夜のウィンターバレーに向かう。ウィンターバレーは去年から比べて人も増え、それに合わせて夜まで開ける店も多くなったらしい。活気づく街の中を歩くと、それだけでも元気をもらえるような気になる。また、石畳の模様がはっきりと見えるほど明るく彩られた夜の街は見ているだけで楽しい気分になった。

「あ、ここです！　ここ！　美味しいらしいんですよ！」

　エライザが子供のように一軒の小さな店の前で飛び跳ね、目的地への到着を教えてくれた。赤い屋根の可愛らしいお店だ。エライザが好みそうな外見である。

「さぁ、お腹いっぱい食べますよー！」

「分かったから、少し落ち着け」

「えー!?　なんで落ち着いていられるんですか!?」

いつものストラスとエライザの会話にも安心感にも似た感情を抱きつつ、店内に入る。店内は外と同じくレンガ調で、とてもノスタルジックな雰囲気造りをしていた。

「はいよー！　いらっしゃいませー！」

元気な男性の声が響き、現れたのは小人のような筋肉質の男である。髭がもじゃもじゃで髪も長い為、顔が一部分しか見えていない。だが、一目でその種族だけは分かった。

「ドワーフ族のレストラン、か？　珍しいな」

ストラスが思わずといった様子でそう呟いた。内心では私もドワーフが鍛冶以外で生計を立てるなど、エライザ以外で見たことがない。そんな気持ちなっていたので何も言えなかったが。

「わっはっは！　この店はわしのじゃが、料理長はわしじゃないわい！　おっと、いかんいかん……わしはこの店のオーナーをやっとります。見ての通りドワーフですが、料理長はわしが見込んで選んだ腕の立つ人間を雇っております。まぁ、騙されたと思って食べてみてくださいや」

陽気なドワーフはそう言うと、テーブルを片手を指し示し、奥へと歩いて行った。どうやらここに座れということらしい。

「……中々個性的な店だな」

ストラスが初見の感想を口にして椅子に座ると、エライザが頷いて答えた。

「はい！　ここはオーナーが自分が一番好きな肉料理で酒を飲みたいといって建てた店らしいので、今から楽しみです！」

「……それは、エライザには最高の店だろうな」

「確かに」

エライザの店の解説を聞いてストラスと顔を見合わせると、自然とそんな会話をしてしまった。

「はい、まずは鳥肉のガキガキ焼き！」

「うわぁ、美味しそう！」

「お次は豚肉のゴリゴリ焼き！」

「これも美味しそう！」

「そしてメインディッシュに牛肉のバキバキ焼きだ！　この焼き印はちゃんとドワーフの国の紋章を使ってるんだ！　はっはっは！」

「うわぁ、格好良いですねぇ！」

盛り上がるドワーフ店長とエライザ。それを見て、ストラスが目を細めて大きな牛肉の塊を見た。

「……ちゃんと料理用の焼き鏝だろうな」

「それは、大丈夫じゃないですか？」

冗談みたいな大きさの肉を見て笑いつつ、心配性なストラスに返事をしておく。

「私が切り分けますね！」

「ありがとうございます」

エライザが楽しそうに肉を切り分けて皆の取り皿に盛ってくれる。しかし、そのバランスにストラスが呻く。

「……俺の拳よりも分厚いぞ」

「良いですよねぇ……中々こんなに分厚いお肉食べられませんからね！」

「……そうか、それが嬉しいのか」

大喜びのエライザを見て、ストラスも指摘することを諦めたようだ。私はストラスよりも前向きに目の前の光景を受け入れていた為、さっさとナイフとフォークを手に取った。

まずは鳥肉からにしよう。そう思って、見るからにパリパリになるまで焼かれた皮の部分をフォークで押さえつつ、ナイフで肉を切り分ける。香ばしい匂いが食欲をそそる。

まずはそのまま食べてみようと思い、フォークで切り分けた肉を口に運んだ。表面はカリカリしていたが、中身は肉汁が溢れるほどジューシーで柔らかい。ピリリとした香辛料の少し野性的な味わいと風味がお肉と良く合い、更に旨味を引き出しているように感じられた。

「……これは、美味しいですね」

そう感想を述べると、エライザがパッと花が咲いたような笑顔で頷く。

「美味しいですよね！　あ、ストラスさん、まだ食べてませんね!?」

「む、食べるとも」

　エライザに指摘されたストラスが戸惑いつつも肉を切り分けているのを横目に、今度は牛肉を食べてみることにした。先ほどと同様にナイフとフォークで牛肉を切り分けて、一口サイズの肉を口に運ぶ。

　ふわりと、濃厚なソースの香りが一番に感じられた。表面はしっかり焼かれているようなのに、中は先ほどの鳥肉よりも柔らかい。更に、ジューシーな肉汁が口の中いっぱいに広がり、濃厚なソースに負けない牛肉の旨味が楽しめる。先ほどの鳥肉は調味料メインでスパイシーに仕上げたものだとしたら、こちらはフランス料理に出てきそうな上品かつパンチのある一品だ。

「……これは、豚料理の方も楽しみですね」

　そう呟いた瞬間、ストラスも鳥肉料理を食べ終わったらしく、目を少し見開いてこちらを見ていた。

「……確かに、美味い」

「そうでしょう!?」

　私が返事をする間もなく、エライザが喜びの声をあげた。

「いやぁ、懐かしいなぁ。ドワーフの肉料理！　調味料が中々手に入らないから完全に再現できないんですよね。さぁ、私も食べます！」

「では、私も豚肉のゴリゴリ焼きを……」

　そう言って豚肉の方をちらりと見たタイミングで、奥から先ほどのドワーフが帰ってきた。

「へいよ！　デザートに魔獣肉のスィートソースがけだぁ！」

「……それは、流石に」

ドワーフが嬉しそうに持ってきた謎のスイーツに、ストラスが唖然としたような顔になったが、目を輝かせたエライザが歓声をあげて黙らせた。

「そ、そんなものまで……!?　店長！　さすがです！　絶対にまた来ますから！」

「おうよ！　また来てくだせぇや！」

と、ドワーフ同士通じ合うものがあったようだった。

いや、もしかしたらドワーフの国では魔獣肉のデザートが当たり前なのだろうか。

そんなことを思いながらも、実際に美味しい肉料理を三人で堪能したのだった。

ちなみに、魔獣肉のデザートまでしっかり美味しかったのは意外だった。

第二章 ― モテ期

次の日、この日も研究室で午後の講義まで研究をしようと思って朝から学院の中を歩いていると、やけに注目されていることに気が付いた。中庭を歩いてもそういう状況の為、流石に違和感を覚える。

そのタイミングで、見知らぬマント姿の男性が道を塞ぐような形で現れた。

髪は茶色で綺麗に切りそろえられており、豪華な貴族らしい服装と相まって良い家柄の男性であることが一目で分かった。その男は爽やかな笑顔を見せて、軽く一礼する。

「……アオイ・コーノミナト先生、で間違いありませんか？」

「はい、そうですが……」

答えると、男は少し照れたような顔で安心したように息を吐いた。

「ああ、よかった。違ったらどうしようかと思っていました。ただ、聞いていた話が小柄ながら流れるような美しい黒髪と、それに負けぬ絶世の美女だとのことでしたので、間違いないと確信して声を掛けさせていただきましたが」

「あ、えっと、そんなことは無いかと思いますが……いったい、どのようなご用件でしょうか？」

急に見ず知らずの人に容姿を褒められて少し浮足立ってしまった。調子を取り戻す為に、先に相手の用件を聞くことにする。

すると、男はわざとらしく片手で自分の顔を隠すように覆い、頭を振った。

「ああ、私としたことが失念しておりました。私の名はジム・ウォーム。ジムと呼んでいただければ幸いです。つきましては、今月中にフィディック学院に入学し、アオイ先生の講義を受けてみたいと思っております」

「……それは、構いませんよ」

何故、私の許可を得ようとしているのだろう。純粋に疑問に感じながらそう答える。すると、ジムは目を少し見開いて驚いた。

「おっと、まさかこんなに簡単に許可が下りるとは……いえ、いささか構え過ぎていたようですね」

そう言って苦笑するジムに、私は首を傾げつつ同意する。

「生徒は好きな講義を受けることができます。もちろん、人気のある講義は早めに埋まってしまうこともありますが、私の場合は人数が多い時は屋外授業としますので」

フィディック学院には上級教員と呼ばれる教員が複数名いる。そういった教員の講義はだいたい満員となるのだ。ちなみに私も最近になってようやく満員になるようになった。

文化祭のお陰かと思っていたが、どうやら魔術の伸び悩んでいた生徒達が私の講義で壁を乗り越えたらしく、口コミで噂が広まっているとのこと。何がきっかけになるか分からないものだ。

そろそろ、許可をもらって屋外に屋根付きの実験場を作らせてもらおうか。などと考えていると、ジムは胸に手を当てて優雅な動作でお辞儀をした。

「……どうやらお忙しそうですし、お食事に誘うのは今度にさせていただきましょう。それでは」

と、勝手に別れの挨拶を口にして去っていく。いったい何だったのか。とりあえず、行く手を阻む障害物は無くなったので良しとするべきか。

そんなことを考えて首を傾げながら、再び研究室を目指した。

研究室に辿り着くと、そこには見慣れた人影が幾つかあった。ロックスとコート、フェルターの三人組だ。いや、普段は一緒にいることは無いが、講義を受けに来る時に三人一緒になるので何となくセットになっている三人である。

「アオイ先生」

コートが私に気が付いて名を呼ぶ。

「どうしたんですか？　三人揃って」

何か問題でもあったのか。そういうつもりで尋ねたのだが、ロックスがコートよりも先に口を開いた。

「俺達のことは良いんだ。それよりも、誰かに声を掛けられたりしなかったか？」

ロックスは突然そんな質問をぶつけてきた。その質問に真っ先に思い浮かぶのは先ほどの茶髪の男性である。

「ええ、ジムという方が今月から入学するので、私の講義を是非受けたいと」

「……もう現れてしまったか」

質問に答えると、ロックスは頭を抱えてしまった。一方、フェルターはいつもの仏頂面で腕を組んだまま鼻から息を吐いた。

「……それで、そのジムという男は、変なことは言っていなかったか？」

「変なこと？　ああ、講義を受けるのに簡単に許可が下りると思っていなかった、と言っていましたね。しかし、あの年齢で他国の魔術学院に入学することを決意するくらいですから、その学院のことを入念に調べていそうなものですが」

そう告げると、コートは苦笑しながら肩を竦めた。

「その人は、以前話した例の噂の人達の一人ですよ」

「例の噂……？　ああ、あの噂の……って、私と婚姻しようとしている人がいる、という噂ですか？　まさか、そんな雰囲気でもありませんでしたよ？」

驚きとともに聞き返すと、ロックスが芝居がかった動作で両手を左右に広げて天を仰いだ。

「当の本人がこれだ……やはり、我々でどうにかするしかあるまい。そうだろう？　コート、フェルター」

「まぁ、確かに」

「……不安が残るな」

ロックスの言葉にコートとフェルターもすぐに同意する。何となくダメな大人認定されてしまった気がして大変気分が悪い。

「私は大丈夫です。心配されることはありません」

一先ずそう答えておいたが、三人とも全く信じてくれていない。

「え？」

「誰が大丈夫だって？」

「……同意しかねる」

三人がそれぞれ否定的な言葉を口にした。

「……私は研究をするので、それでは」

少々ムッとした私はそのまま三人の隣を通り過ぎて研究室へと入り、しっかりと施錠する。外で三人が何か言っているような気がしたが、私は研究で忙しいのだ。聞いている暇はない。

◇

あれから精霊魔術の研究に新たな見地は無いものかと頭を捻り、先にメイプルリーフ聖皇国の癒しの魔術を研究してみるか、それともひたすら精霊魔術の研究を進めるべきか検討した。

だが、癒しの魔術は以前にかなり研究を進めている。残念ながら解決にまでは到っていないが、仮説は幾つか立てているのだ。正直、疑似的に再現することはもう出来るようになっている。研究成果の一つである疑似精霊を用いて、自身の視覚に収まらない相手も魔術的治療を施せば良いのだ。

ただし、結果だけは同じことが出来ても速度は比べ物にならないほど遅い。結局、一人ずつ治療していたことが二人ずつに変わっただけなのだ。

「……難しいですね。やはり、相手の怪我の状況を把握できずとも完治出来るという点が理解できません。極論、脳以外の臓器と肉体を健康な状態の物に取り換えるという魔術ならばまだ理解できますが、それだとどう考えても魔力が足りません」

極端な理論だが、それならば可能といえば可能だ。見えない患者も疑似精霊を使えば解決する。しかし、脳以外とはいえ自分の体が全て入れ替わるというのも気持ちが悪い気がする。

「……精霊魔術は、恐らく別次元の生命体や魂を召喚して使役する魔術。そこには相性等によって効果が大きく変化するなどの要素もある。対して癒しの魔術は聖人や聖女のように選ばれた一流の魔術師が神に認められることにより、広範囲に高度な癒しの魔術を施せるようになる……どちらも見えない何かの力を借りている印象ですね」

まるで、神や悪魔などと契約でもしているかのような感覚だ。しかし、精霊というものはまたそれとは別だろう。さて、そういった存在にどうやってアプローチをするのか。神には地道に祈り続けるか、神具などの神々と意思を交信させることが出来る道具などが必要かと思われるが、精霊はなんだろうか。魔力を餌に、というわけではなさそうだが……。

まずは研究の切り口を改めて考え直すべきだ。そう思って思案しているところに、研究室の扉をノックする音が聞こえてきた。

「……どなたですか？」

尋ねながら扉を開けると、そこには白いふわふわの髪の少女が立っていた。

「シェンリーさん、どうしたんですか？」

改めてそう質問すると、シェンリーは胸の前で手を握って顔をあげる。

「あ、アオイ先生！　すみません、研究中に……」

「いえ、構いませんよ」

恐縮するシェンリーに笑って返事をすると、シェンリーは少しホッとしたような表情になって口を開いた。

「あの、学院が大変なことになっていて……アオイ先生じゃないとどうしようもないと思って……」

動揺しているのか、シェンリーは要領を得ない言い方で何かを訴えてきた。学院が大変なことになっているということだけが理解できたが、どういう状況なのかはさっぱりである。

「落ち着いてください、シェンリーさん。学院がどうなっているのでしょうか」

片手を上げてシェンリーの頭を優しく撫でつつ尋ねる。それでようやく落ち着いたのか、シェンリーは深呼吸を一、二度してから口を開く。

「その、アオイ先生に会いにきた人達が学院の中庭で争ってます。すでに、魔術を使って戦う人もいる状態で……教員が集まって止めようとしていますが、皆さん上級貴族のようで……」

「……え？　わ、私ですか？　何故、私に会いに来たのに喧嘩に？」

予想外の回答に思わず聞き返す。シェンリーからしたら聞かれたところで答えようもないと分かっているが、聞かずにはいられなかったのだ。

予想通り、シェンリーからは困ったような反応が返ってきただけだった。

「……ごめんなさい。聞かれても困ってしまいますよね。それでは、中庭に今から行ってみます」

謝罪してからそう告げると、シェンリーは頷いたのだった。

中庭は広く、庭園のエリアや魔術の練習が出来るエリア、森のように木々が多いエリアなどもある。その為、すぐに見つかるか心配だったが、思いのほかすぐに場所の見当がついた。

単純に、飛翔の魔術を使って上から見ていたら不必要なほど派手な魔術が見えたからだ。

というか、学院の中庭でも生徒達もくつろぐような噴水のある庭園エリアで上級以上の魔術が行使されているのだから、誰でも一目で異常事態だと気づくだろう。

急いでそちらへ行くと、そこはまるで戦場のようだった。

「学院内では魔術を行使して良い場所が定められております！　特に、上級以上の魔術の詠唱をしている方は即座に詠唱をお止めください！」

聞きなれた声がして下方を見ると、そこにはスペイサイドがいた。そこから少し離れた場所にも数名教員はいるようだが、上級教員は誰も来ていないようだった。

対して、魔術を行使しようとしている者達は噴水の前にある広場でモメているようである。その内の一人が警告を発したスペイサイドを睨んで怒鳴り返す。

「その方、どこの誰だ!?　まさかとは思うが、今の無礼な発言はこの私にしたのか!?」

明らかに位の高そうな二十歳前後の男が脅すようにそう言った。それに、スペイサイドはウッと呻いて一瞬押し黙る。どうにも貴族に弱い男である。

だが、いつもならここで引き下がる筈だが、今回は再び警告の声を発してみせた。

「私はこのフィディック学院の教員です！　それよりも、どのような地位や権力があろうと、このフィディック学院内では学院のルールに従う必要があります！　それは王族だとて例外ではありません！」

スペイサイドがそう言い返すと、その場にいた他の教員が驚いた。いつものスペイサイドを知っている者なら大概驚くだろう。そして、すぐにスペイサイドに拍手が送られる。中には生徒達も拍手している者がいるようだ。

その様子を苛立たしそうに男が睨み、再び声を荒らげる。

「無礼な！　こちらの要求を聞きもしない貴様らに問題があると何故分からん!?」

その男の言葉に、スペイサイドは眉根を寄せて首を左右に振った。

「フィディック魔術学院では一対一の個人講義などは行っておりません！　生徒の人数も多いので、

そういった講義を行うことが出来ないのです！　そもそも、上級教員の通常の講義ですら人数制限がかかるくらいです！　きちんと正規の手続きを行って受講をお願いします！」

スペイサイドはフィディック学院のルールについてもきちんと説明しているようだ。それでも聞かないというのは、やはり王族ゆえの我がままか。

「この……っ！　無礼者めが！」

吐き捨てるように怒鳴り、男は片手を上げて魔術を発動させた。男の腕を中心に風が巻き起こり、周囲に立つ人間にまで風圧が届く。土を巻き込んだ風は可視化し、唸りをあげてスペイサイドに向かって放たれる。ただの風ではない。あれは、かまいたちを発生させる風の刃だ。

危ない。そう思って手を貸そうかとしたが、すでにスペイサイド達が動き出していた。即座にスペイサイドが水の魔術を発動し、水柱を目の前に出現させる。他の教員は生徒の動きを止めるべく、次々に魔術を放つ。炎の壁はスペイサイドと風の刃の前に立ち、土の壁が暴挙に出た男の周りを囲うように出現した。

フィディック学院の教員による魔術である。風の刃は問題なく無効化され、さらに土の壁に囲まれた男は何もできずに中で喚いているようだった。

一先ず、沈静化させることに成功したようだ。そう思ったのか、スペイサイドがホッとしたように体の力を抜いた。

その時、不意に男を取り囲んでいた土の壁の一部が割れて崩れてしまった。何事かと思ったら、さらに他の壁も次々と崩れてしまった。

「……力で他国の王族をねじ伏せ、拘束するとは。フィディック学院の教員がそのように過激だとは思いませんでしたな」

そう言って、土の壁が崩れた奥から青いローブを着た白髪の老人が現れた。その老人の登場に、先ほど風の魔術を行使した男が笑みを浮かべた。

「爺！　遅いぞ！」

男がそう口にすると、爺と呼ばれた老人は失笑とともに首を左右に振る。

「ジェムソン殿下が好き勝手に移動し過ぎなのです。それで問題まで起こしてしまっては私にもどうしようもありませんぞ……まぁ、ともあれ、この場は私にお任せください。いくらフィディック学院といえど、教員ごときに後れは取りませんからな」

老人はそう言って、不敵に笑ってみせた。

どうやらかなりの実力者のようだ。その雰囲気を察してか、スペイサイド側にも緊張が走る。そして、ジェムソン殿下と呼ばれた男は老人の言葉に笑みを浮かべたまま頷く。教員は全員で四名集まっているが、それでもその老人の方が有利だと考えているのか。ジェムソンは自信に満ちた笑みでスペイサイド達を睥睨している。

「馬鹿どもめ！　さっさと私の言うことを聞かないからこうなるのだ！　アードベッグはカーヴァン王国の宮廷魔術師長だぞ！　己の過ちを後悔するが良い！」

ジェムソンがそう言って胸を張ると、アードベッグと呼ばれた老人は苦笑するとともに詠唱を開始した。

確かに、流れるような詠唱は恐らく二小節で上級魔術を発動しようとしている。技量は上級教員に比肩するだろう。

「……火の魔術。スペイサイドさんなら何とかなりそうですが……」

ダメなら手伝うとしよう。そう決めて上から状況を見守る。スペイサイドを含めた教員達がアードベッグの魔術に対応しようと詠唱を開始したが、僅かに遅い。

同じ規模の魔術をぶつけなければ相殺することはできないだろうが、それだと魔術師として格上のアードベッグのほうが詠唱を終えるのが早い。

さて、どうするつもりか。

スペイサイドはすぐに状況に気が付き、詠唱の内容を途中で変更してみせた。詠唱をその場で修正するなど、これまでのスペイサイドには選択肢としてすら浮かばないだろう。

柔軟に詠唱を修正して魔術の形を作り上げたスペイサイドは、極めて速い中級の水の魔術を発動する。

水柱がスペイサイドの周りに幾つも出現し、柱の途中から枝が伸びるように水流が放たれる。人の腕程度の細い水流だが、水圧はかなり掛かっているようだ。

当たれば、確実によろけるくらいの衝撃はあるだろう。

その水流を受けてアードベッグは僅かに詠唱を遅らせてしまう。結果、他の教員達の上級の魔術が間に合うこととなった。

「……踊る火の蛇（ダンシングフレア）」

アードベッグがそう口にした瞬間、アードベッグの足下を取り囲むように火のサークルが出現する。次の瞬間、火の円は波打ちながら大きくなっていき、胴が人の身長ほどもある巨大な火の蛇となって地面をのたうち、一気にスペイサイドの下へと突っ込んでいった。

巨大な火の蛇が高速で通り過ぎた後の木々は、瞬く間に火に包まれてしまっている。相当な高温に違いない。あんな魔術を生徒達も歩く学院の中庭で使うとは。

スペイサイドの作った時間で、他の教員達が土の魔術や風の魔術を使ってアードベッグの放った火の蛇の向かう先を遮断して見せる。だが、火の蛇は土の壁の壁面を這うようにして上空へと上半身を持ち上げた。

頭を振るようにして火の蛇はバランスを取り直し、頭の先をスペイサイド達の方へ向ける。

流石に、これ以上は無理か。

「……氷の王の指環（アイスリング）」

呟き、魔術を発動させる。氷の環が空に出現し、冷気を発しながら地上へと徐々に落下を始めた。その冷気は離れれば極端に弱まるが、氷の環に触れる距離になると絶対零度に近いほどとなる。その氷の環が、火の蛇の胴体部分に触れた直後、火の蛇は腹部から一気に凍り付いて砕け散った。

「な、なにが起きた……?」

火の蛇が砕けたのを見て、アードベッグは目を丸くして驚く。フィディック学院の教員達は何が起きたのか理解したのか、顔を上空へ向けた。

「あ、アオイ先生！」

「良かった……」

一部の教員や生徒達が安堵したような声を出す。まだ脅威は去っていないが、増援にホッとしたようだった。

「どんな用件にせよ、学院内で危険な魔術を行使することは認められません。申し訳ありませんが、無力化させていただきます。話は後で聞かせていただきましょう」

そう言って魔術を行使しようとしたところ、魔術名を口にするよりも早く、ジェムソンが私を見て口を開いた。

「おお！　君がアオイという教員か！」

そう言って、ジェムソンは両手を左右に広げて笑みを浮かべた。そして、じろじろとこちらのことを観察するように眺める。

「……ふむ、話を聞いた時はどんな女かと思ったが、まぁ悪くないではないか。アオイよ、我がカーヴァン王国の王妃になる気はないか？　政略上、第一王妃というわけにはいかないが、最低でも第三王妃は確約しよう！」

ジェムソンがそんなことを言うと、アードベッグが苦笑して首を左右に振った。

「また勝手なことを仰る……アオイ殿がもし貴族でもなんでもなかったらどうするつもりか。いや、それに関しては他国で爵位を得てから婚約すれば良いか。アオイ殿、殿下の口にした言葉はその場限りのものではないと、宮廷魔術師長のこのアードベッグが保証しよう」

と、二人はこちらの意思など関係無いとでも言うかのように勝手な話をペラペラとし始めた。呆れて物も言えないで黙っていると、中庭のそこかしこで生徒達の声が聞こえてきた。

「え？　アオイ先生、王妃になるの？」

「いや、アオイ先生の場合、王妃になるよりフィディック学院の二代目学長になった方が良いんじゃないか？」

「すごい……貴族でもないのに、大国の王妃になれるなんて……」

また余計な噂が広まりそうである。生徒達の会話を耳にして、思わず顔を顰めてしまった。

ジェムソンとアードベッグを順番に見やり、しっかり、はっきりと否定の言葉を口にする。

「……申し訳ありませんが、カーヴァン王国の王妃に、一切興味ありません。そもそも、学院内のルールを守らない人は生徒として相応しくありません。今回はフィディック学院の見学に来たということにしておいてあげますので、自由気ままに振る舞うことが出来る、カーヴァン王国内の魔術学院へ行かれることをお勧めいたします」

苛立っていたせいもあり、少々棘のある言い方でジェムソンを拒絶してしまった。言い終わった後に少し後悔したが、訂正するつもりはない。ジェムソンは二十歳前後だろうし、我が儘を注意する人間も必要なはずだ。

そう思って厳しめに指摘をしたのだが、ジェムソンは衝撃を受けたような表情で固まってしまった。貴族でもない女がはっきりと拒否したことが余程驚きだったのだろうか。

そして、アードベッグは声を出して笑い、自らの顔を片手で覆った。

「わっはっはっは……！　いやはや、最近の若い者は……魔術師としていくら卓越していたとしても、大国を相手に一人で勝てるなどと自惚れているのか。それとも、傲慢なまでの正義感を振りかざしたいだけか」

肩を揺すって笑いながらそう口にしてから、アードベッグは顔に押し当てていた手を離した。手の下からは、憤怒の色に染まるアードベッグの顔が現れる。

「この下民が……ふざけるのも大概にしてもらおうか」

地の底から聞こえてくるような低い声でそう呟き、アードベッグは詠唱を始めた。僅か一小節で詠唱を終えて、中級の火の魔術を発動する。

「火の蝶（ファイアフライ）」

アードベッグが魔術名を口にした瞬間、十を超える蝶の形をした火の塊が一気に私の方へ飛来してきた。蝶のような姿なのに、その速度は風のようだ。しかし、一目で威力に欠けることが分かる。

完全に奇襲の為の魔術だろう。相手が火の派手さと数に焦り、注意がそちらに向いた先に次の行動をとるのが目的に違いない。

その予想通り、アードベッグは火の蝶が手元を離れた瞬間から別の魔術の詠唱を始めている。

「……氷の城（アイスシャトー）」

隙を与えてはいけない。そう判断した私はその場を動かず、アードベッグからも視線を逸らさないまま氷の魔術を行使した。魔術名を口にした直後、分厚い氷の壁が次々と地面を突き破るようにして出現する。

氷の壁は四方を包むように現れ、即座に天井も出来上がった。城と呼ぶには小さいが、左右に塔もある二階建ての氷の城となる。中庭の形状を考えて半円に近い形にはなってしまったが、一先ず相手の攻撃を防ぐには十分である。

炎の蝶は氷の城に当たって即座に凍り付き、壁の彫刻となった。それを横目に見つつ、アードベッグの次の魔術を確認する。

丁度詠唱が終わったのか、アードベッグは目を見開いて口を開く。

「……炎の魔人（イフリート）!!」

アードベッグが魔術名を口にすると、アードベッグの前方に火の粉が幾つも舞い踊るように現れる。その火の粉は徐々に大きく、猛々しい炎へと変化していき、やがて全ての炎が一つに集まって何かの形を成していく。

「お、おお……！」

「凄い……！」

アードベッグの魔術を見て学生達から驚愕の声が聞こえてきた。それもそのはずだ。行使されたのはただの普通の魔術ではない。まるで生きているかのように動く、炎で形作られた巨人なのだ。炎の魔人は丸太のような腕を振り上げ、こちらへ迫ってくる。

「さて、氷の城で防げるかも興味ありますが、もし何かあって生徒達に被害が出たら大変ですからね。仕方ありません」

そう呟いてから、片手を上げた。明らかに特級クラスの魔術だ。特別な魔術具を使うしかないだろう。

「……水神の矛(トライデント)」

魔術名を引金として魔術具を発動させる。先ほどの氷の城などは小さな指輪の内側に描き込まれた魔法陣で発動出来るものだが、この水神の矛は違う。なにせ、多重魔法陣で十近くの詠唱を一つにしているのだ。それを何とかブレスレット一つに収めている。

魔力がブレスレットに流れると、淡い光を発しながら魔力が形作られていった。空気中の水分を集めて水を作り出し、水圧を掛けて威力を増す。更に水を収束させながら流速を上げていく。水の魔術において、水量は一つの目安となる。水量を増すことが水の魔術の命題の一つであり、その魔術師の技量を表すのだ。

それはとても理屈通りであり、私にとっても素直に受け入れられる概念だった。なので、この魔術にあっては巨大な人型の水タンクを空中に浮かべる工程がある。海の王ポセイドンを模した人型の水タンクは、水流の射出口である矛を前に突き出して構えた。

氷の城をバックにして巨大な海の王が矛を構え、炎の魔人に刃先を向ける。その様子はどこか神話の中の戦いのような幻想的な雰囲気を作り出していた。

だが、実際には千℃を超えるような高温の炎の塊と、大量の水のぶつかり合いである。炎の魔人がもう間近に迫ってきたタイミングで、水神は矛から水を放出する。まるでレーザービームのように細く放たれた高圧の水流は一瞬で炎の魔人を切り刻んだ。直後、バラバラになった炎の魔人は一気に膨れ上がり、地面を揺らす衝撃を発しながら爆発した。

真っ白な煙を空に届くほどの勢いで膨らませて爆発した炎の魔人に、それを発現させたアードベッグ本人が驚愕する。

「な、なにが……なにが、起きたのだ……」

困惑から次の動作をすることが出来なくなっているアードベッグを見て、水神は矛先を地面へと向けた。

「一気に圧縮された水が熱せられて水蒸気になり、体積が急激に膨張して炎の塊は形を維持出来なくなってしまったのです」

一応解説をしようと思って簡単に説明をするが、アードベッグは眉根を寄せて唸るのみだった。

まぁ、水が水蒸気になると体積が急激に膨張するなどと言われても予備知識がないと理解は難しいかもしれない。

それはフィディック学院の教員であっても同じらしく、スペイサイドが乾いた笑い声をあげて驚きの声を漏らした。

「ま、まさか、あれほどの魔術を一瞬で無効化するとは……それにあの爆発……恐ろしい威力だ……！」

スペイサイドがそう呟くと、集まっていた教員や生徒も同意するように反応した。まぁ、そういった部分はまた魔術概論の講義で皆に教えていけば良いだろうか。

「……それでは、申し訳ありませんがジェムソンさんとアードベッグさんは一旦拘束させていただきます。良いですね？」

一先ずは、この騒ぎを収拾しよう。そう思っての発言だったが、ジェムソンが再び怒りに駆られたように口を開いた。

「き、貴様……！　言うに事を欠いて、こ、拘束だと……!?　この私を、誰だと……！」

「拘束(バインド)」

会話にならない。そう思って、私は問答無用で二人の体を拘束した。突然体が動かなくなった二人は、そのまま地面に転がる。風の魔術を使い、二人の体を浮かび上がらせると、そのまま周囲を見回して頭を下げた。

「皆さま、お騒がせしました。この方々がもう暴れることのないようにいたしますので、ご安心ください」

そう言って、私は二人を連れて飛翔魔術を行使したのだった。

◇

「……それで、わしのところに来たのかの？」

グレンが困ったようにそう呟き、椅子に座ったままこちらを見上げた。

「はい。学長としてはどうされるおつもりですか？」

そう聞き返すと、グレンは眉をハの字にして唸りながら、私の背後にそっと視線を向けた。そこには一人用のソファーに座るジェムソンとアードベッグの姿がある。

「……このような形で最初の挨拶をすることになるとは思わなかったぞ、グレン侯爵殿」

ジェムソンが腕を組み、低いトーンでそう口にする。それにグレンは苦笑しつつ頷いた。

「そうですな。いや、本当にもう少し平和な形でお会いしたかったと思っておりますぞ」

冷や汗を片手で拭いつつグレンがそう答えると、ジェムソンは舌打ちをして目を細める。

「……そんな返答をするあたり、魔術師として上級貴族まで成り上がったというのは本当だろうな。生粋の貴族であれば、そのような返答など絶対にしない」

そう言うと、ジェムソンは肩を竦めて大仰に両手を広げる。

「まぁ、良い……それで、グレン学長はどういう処分を下すつもりだ？」

と、ジェムソンはまるでグレンの上司かのような態度でそう尋ねた。それにグレンは溜め息を吐いて顎を引く。

「……そ、そうですなぁ。では、一応学院から出てもらうことに……」

「ふむ？　思ったより処分は重いようだな。しかし、学院から追い出したところでその後はどうとでもなるだろう。その後のことも考えた処分が必要だ」

ジェムソンが口の端を上げてそう言うと、グレンは顎を指でなぞりながら成程と頷いた。

「それは確かに……では、このウィンターバレーから出てもらい、さらに飛翔魔術で自国まで連れて行くとしますかの」

そう告げると、ジェムソンは片方の眉をあげて生返事をした。

「ふむ……自国ということは、出身地はこのヴァーテッド王国ではなかったということか。だが、そうなると話は変わってくるな。魔術学院で働くことが出来ないように、六大国全てにこの事実を伝えることが肝要だろう。どう思うかね」

ジェムソンが笑みを浮かべてそう告げると、グレンは眉根を寄せて顔を顰める。

「そ、そこまでするると、流石に遺恨が残ると思うんじゃよ。それこそ、王位継承権にも影響が……」

グレンが苦笑いを浮かべて再度冷や汗を拭いつつそう言うと、ジェムソンは顔を上げて眉間に皺を作る。

「……王位継承権？　ちょっと待て、今、誰の話をしている？　アオイの教員としての資格の話ではないのか」

ジェムソンがそう口にすると、グレンは真顔で首を左右に振った。

「……ジェムソン殿下。心して聞いてほしいのじゃが、全て殿下の処罰を決めるお話ですぞい」

改めてそう告げると、ジェムソンは呆気にとられたように目と口を丸くして動きを止めた。暫くして、ようやくグレンの言葉の意味が理解できたのか、顔を真っ赤にして椅子から立ち上がる。

「ど、どういうことだ!?　貴様の学院では一般市民出身の教員が無礼な行いをしたというのに、王族である私を処罰するというのか!?」

激昂するジェムソンに、グレンはどうしたものかとこちらを見てきた。それまで私はアードベッグが何かしないか注視していたのだが、どうも抵抗するつもりもないようなので視線を外して答える。

「……フィディック学院は王族、貴族、市民に対して差をつけることなく、公平に学ぶことが出来る場所です。逆に言えば、王族が自らの地位を振りかざして横暴な行動をとった時は、他の生徒が暴れた時と同様に対処をしています。ただし、今回はジェムソン殿下はまだフィディック学院に入学されていませんので、自国にお帰りいただくという処分になる、ということですね」

簡単に説明すると、ジェムソンは声にならない声をあげて何か反論しようとするが、私とグレンの目を見て一瞬怯み、アードベッグに助けを求めるように視線を向けた。

するると、これまで黙っていたアードベッグが溜め息を吐いてから口を開く。

「……仮にも魔術師として敗北した以上何も言うまいと思っておったが、仕方がない」

そう呟き、アードベッグは私を見た。

「……最低でも私と並ぶほどの類稀なる魔術師。その上、それほどの圧倒的な技量、魔力をその若さで手にしたとあらば、アオイ殿は史上稀にみる天才なのは間違いない。しかし、それ故に傲慢になり過ぎているようだ……まさかとは思うが、たった一人で大国を相手に出来るなどとは思っていまい?」

アードベッグが低い声で淡々とそう告げ、ジェムソンが深く頷いてから賛同する。

「そ、その通りだ！　どれだけ優れた魔術師だろうと、我がカーヴァン王国を相手にたった一人では何も出来ん！　そもそも、私は貴様を王族にしてやろうと言ったのに、何故私を処罰するなどという話になるのだ!?　まったくをもって理解し難い！」

怒鳴りながら身振り手振りを交えて怒りを表現するジェムソン。まぁ、王族としてはそれほどの屈辱だったのかもしれない。

仕方なく、改めて説明をする。

「……王族に関する部分が問題になったのではありません。学院内のルールに反したこと。そして、学院内で魔術を使って暴れたことが問題となったのです。もし、ジェムソンさんとアードベッグさんが最初からこちらの言うことを聞いてくれていたら、このようなことには……」

「馬鹿な！　ただの教員が王族に命令するなど、あってはならないと何故分からない!?」

説明途中で話を遮られてしまった。やはり、話を聞く気はないようだ。

グレンにどうするつもりか確認しようと視線を送ったが、冷や汗を拭うばかりである。

「……分かりました。それでは、フィディック学院に迷惑をかけないように、私からカーヴァン王国の国王様に会いにいきましょう。為政者たる者、ジェムソンさんよりは話が通じるでしょうから」

「な、な、なななな……!?」

きっぱりとジェムソンの能力不足を指摘しつつ、国王に直談判をすると告げた。予想通り、ジェムソンは激怒を通り過ぎて顔面蒼白になっている。

一方、アードベッグは呆れたような顔で失笑すると、グレンに目を向けた。

「……随分と自由に教員を働かせているようだが、本気で言った通りにさせるつもりですかな？　はっきり言って正気の沙汰ではありませんぞ」

アードベッグが警告に近い言葉を口にする。それにグレンは曖昧に笑いながらも、しっかりと頷いた。

「ははは……まぁ、これで間違ったことをしようとしていたら止めるところじゃが、アオイ君の言う事は学院の教員として正しいことなのじゃ。学長たる自分が学院の決まりを曲げて権力に屈してしまっては、何故この学院を建てたのか分からなくなってしまうわい」

グレンがそう言って困ったように笑うと、アードベッグは片方の眉を上げた。

「……つまり、王族よりも一人の教員の言葉を優先する、と？」

アードベッグがそう聞き返すと、グレンは首を傾げる。

「おや、聞いておらんかったのか？　フィディック学院の決め事通りに、ジェムソン殿下を追放処分とする。それが、学長たるわしの決定じゃよ」

その後、ジェムソンはアードベッグに連れられてウィンターバレーから去った。とてもではないが王族の気品など欠片もないような罵詈雑言を吐きながら去るジェムソンに、グレンは辟易した顔で溜め息を吐いたのだった。

「あぁ……一番面倒な国と揉め事になりそうじゃわい……」

グレンが窓から見える空を遠い目をして見つめながら、そう呟いた。それに私は覚悟を持って口を開く。

「私が直接カーヴァン王国に行って事の顛末を説明してきます。そうすれば、最悪の事態にはならないかもしれません」

そう言うと、グレンは苦笑しながら首を左右に振った。

「いやいや、教員であるアオイ君にそんなことはさせられんよ。エルフの王国の時とは違って、別にカーヴァン王国に用事があるわけじゃないのじゃろ？　なぁに、わしだって名ばかりとはいえ大国の侯爵じゃぞ？　どうにか切り抜けてみせるわい」

グレンは空元気を見せながらそんなことを言う。

「……そうですか。もし、何かあった時は必ず教えてください。どうにかして責任はとってみせます」

「ふむ、アオイ君がそう言ってくれると頼もしいのう」

と、私の言葉にグレンはいつものように笑ったのだった。

第二章 — 魔術概論

後日、私が担当する魔術概論の講義でアードベッグに説明した物質の変化について授業を行った。

「……と、いうことで、固体から液体、気体になる過程で体積は急激に膨らみます。その勢いが一定の数値を超えると爆発と呼ぶ現象にもなります。これを理解して魔術を行使すると、同じ魔力量で数倍の効果を発揮することが出来るようになるでしょう」

そうまとめると、教員達が一番に反応する。

「成程、それで水と氷の魔術では効果が変わったのか」

「氷の魔術の方が魔力を使う上に魔力操作が複雑な為中級以上の魔術とされてきたが、その話を聞くと使いどころ次第では水の魔術の方が高い効果を発揮するということか」

「使いどころ……そういった意味では他の魔術も同様に使い方を見直した方が良いな」

魔術の経験が長い教員達はすぐに物質の変化の影響に思い至ったようだった。実際に経験したり知識として知っている者は理解するのが早い。逆に、まだまだ魔術を学び始めて日が浅い生徒達は物質の変化と言われても中々想像が追い付いていない状態だ。

どうすれば分かりやすいか。

顔を見合わせたり首を傾げたりしている生徒達を見て、何とか分かりやすい方法が無いか模索する。

「……そうですね。それでは、実際に物質の変化を見せてみましょう」

そう告げてから、すぐに氷の魔術を発動する。

手のひらを上に向けて手を顔の前に持ち上げる。そのすぐ上には氷の塊が浮いていた。

「これが固体という状態です。この物質をそのまま水にすると……あれ？」

氷をそのまま水に変化させて水の球にする。しかし、体積は増えなかった。これには講義を聞いていた皆が目を瞬かせる。

と、そこでようやく気が付いた。

「……そういえば、水に関しては固体の方が体積が大きいんでしたね。これはうっかりしていました……」

そう呟くと、講義を受けていたスペイサイドが眉間に皺を寄せて口を開く。

「……何故、水は別なのでしょうか？　むしろ、他に何が固体、液体、気体へと変化するのでしょう？」

困惑した様子でそう尋ねられて、これはどうしたものかと頭を抱える。

「申し訳ありません。混乱させてしまいました。分子という最小の単位まで使わないと説明が出来ないものですから、そちらに関してはまた後日説明させていただきます。とりあえず、重要なのは液体や固体から気体に変わる時、その体積が大きく変わるという現象を理解することです。では、ちょっとやってみましょう」

気を取り直して空中に浮かせていた水の球を気化させる。教室内は一気に蒸気に覆われてしまった。視界は真っ白で手元も見えないような状況になったので、すぐに液体に戻してみせる。

「……はい。今見せたように、水が気体になると密度が小さくなって体積が増えました。この現象を使って、前回カーヴァン王国の魔術師の方の炎を消しました。炎の中心に水を侵入させ、炎の熱を利用して中で膨張させたのです」

そう告げると、ようやく皆も意味が分かってきたようだった。基礎的な部分だが、科学についての理解は少しずつ進めないと難しい。ある意味では、魔術と並行して日本的な教育カリキュラムを取り入れても良いのかもしれない。

数学や化学、物理はこの世界でも有効なはずだ。もちろん、基本的な生活知識や常識なども授業として取り入れても良いと思う。

だが、それをするには完全に人手不足だ。魔術で発展した世界だけあって、そういった部分が遅れているように思う。教員も足りないし、そういった学校に該当する施設も少ない。

そんなことを思いながら、この日は講義を進めた。

「では、本日の講義を終了といたします。是非、水の変化を実験してみてください。水の魔術に活かすことも出来ますし、私が行ったように相手の魔術に対抗する為にも役に立ちます」

「はい！」

講義終了の挨拶をすると、中等部以下の生徒達が元気よく返事をしてくれた。良い挨拶をする生徒にはとても好感が持てる。最近色々とあっただけに、そういった小さなことでもとても嬉しく感じた。

講義室を出て廊下を軽い足取りで移動していると、背後から急ぎ足で付いて来る足音が聞こえてきた。

「アオイ先生」

呼ばれて振り向くと、そこには少し小柄な金髪の少年の姿があった。バレル・ブラックという少年だ。これまであまり私の講義に出席していた記憶はないが、時々話しかけてくる不思議な生徒だ。ただ、実力は確かなもので本来なら中等部である十四歳という年齢ながら、すでに高等部の講義を受けている。噂では、面倒ごとに巻き込まれたくなくて中級の魔術ばかり使っているが、上級の魔術もすでに複数の属性で習得しているらしい。

個人的には何を考えているか分からない、摑みどころのない性格をした少年、という印象である。

「バレル君。どうかしましたか？」

名前を呼んで、何かあったのかと尋ねる。すると、バレルは珍しく真面目な顔でこちらを見上げてきた。

「……噂で聞いたんだけど、ジェムソン王子と戦ったって本当？」

そう聞かれて、そういえばバレルはジェムソンと同じカーヴァン王国の公爵家の子息であると思い出した。

「いえ、学院内で魔術を使いましたので、無力化して家へ帰ってもらっただけですよ。戦ったというほどのことではありません」

苦笑しながらそう答えると、バレルは頬を引き攣らせて変な笑みを浮かべた。

「は、はは……宮廷魔術師長のアードベッグを負かしたって聞いたけど、アオイ先生からしたら戦いですらなかった、というわけだね」

バレルはそう呟くと、疲れたように首を左右に振る。

「以前なら、アオイ先生に助言をするところだったけど、アオイ先生の実力を知った今では逆に母国の心配をしてしまうよ。それでも、カーヴァン王国は六大国の中でも高い軍事力を持っている国だと思うから、真正面からぶつかり合うのはやめた方が良いんじゃないかな」

と、バレルはまるで私がカーヴァン王国と戦争すると思っているかのような言い方で助言をしてきた。それには思わず眉間に皺を寄せてしまう。

「……何故、私がカーヴァン王国と戦うかのような言い方をされるのでしょう？　カーヴァン王国と揉めてしまうような事態になったら、私が直接説明に出向きます。理由を話せば十分理解してくれるでしょう」

そう返答すると、バレルは肩を竦めてみせた。

「アオイ先生はカーヴァン国の国王を知らないでしょ？　まぁ、うちの王様なんだけどさ。ちょっと変わり者でね」

バレルはそう言って笑うと、片手を挙げて苦笑する。

「まぁ、何事もなく終わることを祈っているよ。双方の為にね」

それだけ言い残すと、バレルは来た道を戻って去っていった。その後ろ姿を見送ってから、バレルの告げた言葉の意味を考える。

バレル・ブラックはカーヴァン王国の公爵家の子息である。ブラック公爵家の現当主とは会って話したこともあるが、こちらもバレルとは違う意味で摑みどころのない人物だった。だが、話が出来ないわけではない。こちらの言葉に耳を傾けることはしてくれたのだ。

そういった部分を考えて、話くらいは聞いてくれるだろうと思っていたのだが、どうやらそうはいかないらしい。

「……カーヴァン王国の国王。どのような人なのでしょうか」

気になった私は、誰かに聞いて調べてみようと考えたのだった。

◇

「ほ？　カーヴァン王国の国王？　レイド・ディスティラーズ・レイバーン陛下じゃな。レイド王は若くして国王になったのじゃが、極度の出不精でな。そもそも人と接することが苦手と聞いたこともあるぞい」

グレンは斜め上を見上げながら思い出すようにそう語った。

「……何故、そのような人が国王に？　どう考えても向いていないでしょう」

そう呟きつつ、成程と納得もした。各国の代表が集まる時、カーヴァン王国とブッシュミルズ皇国だけは王が来ることは無かった。まぁ、中々王も予定を合わせることが出来ないと言われればそうなのかもしれないが、今まで一回も来たことが無いのは気になるところだ。

「それでは、ブッシュミルズ皇国の王も国から出たがらない性格なのですか？」

そう尋ねると、グレンは首を左右に振る。

「いや、ブッシュミルズの国王はただ単純にとても慎重な性格なだけじゃ。だからこそ、国境を守るラムゼイ侯爵などの上級貴族に相当な武力を保持することを許しておる。他の国であれば、反乱を恐れて一人の貴族に多くの武力を保持させたりしないことが多いのう。それだけ、ブッシュミルズ皇国が何度も侵略された過去があるということでもあるがの」

「ブッシュミルズが、ですか？」

グレンの説明に驚く。戦闘狂のようなラムゼイ侯爵のことを考えると、とてもではないが侵略されるような国とは思えない。

何を考えているのか分かったのか、グレンは苦笑しながら頷く。

「ラムゼイ侯爵やフェルター君のことは例外と思ったほうが良いぞい。ケアン侯爵家は極端に武闘派なのでな。遥か昔のブッシュミルズ皇国はもっと小さな国で、奴隷狩りが盛んだった頃に獣人達が逃げ込む避難先のような立ち位置だったのじゃ。獣人が奴隷狩りの対象じゃった頃は、ブッシュミルズ皇国はずいぶんと酷い目にあったとのことじゃ。今でこそ大国として認められておるがの」

「……恐ろしい時代があったのですね」

奴隷狩り。酷い言葉だ。獣人と聞いてシェンリーの笑顔を思い浮かべてしまい、胸が締め付けられるように痛んだ。

見た目が違うからと、差別の対象になってしまったのだろう。そんな時代にシェンリーが生まれなくて良かったなどと思い、すぐにそれは自分のエゴであると気が付いて自己嫌悪に陥る。

その時代にも、シェンリーのように心優しい獣人の子は多くいたのだ。そんな子達が犠牲になった事実から目を逸らしてはいけない。

そう肝に銘じながらも、本題から逸脱してしまったことを思い出してグレンに声を掛ける。

「……ブッシュミルズ皇国にそんな歴史があったことは分かりましたが、カーヴァン王国のレイド王には何があったのでしょう？」

そう尋ねると、グレンは自らの顎を指でつまみながら唸った。

「うむ……先ほどレイド王が若くして王になったと言ったのを覚えておるかの？」

「はい」

そう答えると、グレンは軽く頷き返して口を開く。

「レイド王が王となったのは、僅か六歳の頃じゃったという」

「六歳？　そんな年齢で国王など出来るのですか？」

グレンの言葉に思わず驚いて聞き返した。グレンは目を細めて少し悲しそうな表情になり、顎を引く。

「もちろん無理じゃよ。それだから、レイド王には助言役として当時の大臣が任命されたのじゃ。しかし、その助言役とは名ばかりでの。王家の血筋ではない大臣が王国を好きに操る為に作られた形だけの王となってしまったのじゃ。厄介なことに、レイド王は賢く、慎重であった。それ故に傀儡となってしまっていることに早期に気付けたのじゃが、結果として国を二分するような内乱にまで発展してしまった」

そう口にしてから、グレンは腕を組んで溜め息を吐く。

「その内乱は五年間も続いたのじゃ。結果、当時十代だったレイド王は暗殺の恐怖に怯えながら、誰が味方か敵かも分からない状況で大臣派と争い、最後には大臣派の貴族やその血縁者、そして協力者合わせて数千人の首を刎ねることとなった」

「……数千人。それだけ、大臣派の人が多かったのですね」

幼い頃からそんな過酷な環境で育ったのか。そう思い、まだ見ぬレイド王に同情のような気持ちを抱く。グレンも似たような気持ちなのか、深く頷きつつ溜め息をついた。

「そのせいじゃろうな。レイド王はその時の忠臣と、何より家族をとても大切にしておる。いや、大切にするのは良い事なのじゃが、少々いき過ぎておるくらいじゃ」

「甘やかし過ぎ、ということですか?」

「うむ。簡単に言うならそうじゃのう」

グレンが同意の言葉を口にした。

その話を聞き、これならば何とかなるだろうと少し自信を持つ。

「ご安心ください。甘やかし過ぎなご両親を説得した経験があります。何とかしてみせます」

胸を張ってそう告げると、グレンは目を丸くして顔を上げた。

「なんと。それは頼もしいのう。ところで、その時はどのようにしたんじゃ？」

そう聞かれて、日本での教師時代を思い出しながら回答する。

「やはり、時間をかけての説得ですね。最初は家庭訪問をして現状を伝え、その後実際に授業の様子を見てもらったりもしました。実際に自分の目で見ることも大切ですからね。生徒達には内緒にして授業の見学などをすると効果的です」

そう告げると、グレンは若干頬を引き攣らせて口を開く。

「……も、もしや、またその国の代表をフィディック学院に呼びつけるつもりかの？　前回はロックス君じゃったから、距離的な問題があまりなかったが、カーヴァン王国の王都から国王を呼ぶとなると、中々難しい気がしてならんのじゃが……」

恐る恐るといった様子で、グレンはそんなことを聞いてきた。それに首を傾げつつ、自分の考えを述べる。

「そのあたりはあまり心配しておりません。地図で確認したことがありますが、飛翔魔術で片道二日以内に辿り着くことが出来るはずです。まずは私が直接カーヴァン王国に行って今回の事柄について詳細を話します。レイド王が納得してくれない時は、ジェムソンさんを交えて話をしましょう。他国の魔術学院で、どのような行動をとったのか。そして、何故国外追放となったのか」

「Oh……国外追放と聞くと中々重いのう。もう少し柔らかい言い方はないじゃろうか……いや、そもそも、レイド王がそれでも納得しなかった場合はどうするのかの？」

グレンは不安そうにそんなことを言う。

「納得してもらうまで話をするしかありません。大丈夫です。誠心誠意説得し続ければ、いつかは分かってもらえます」

「……いつかはカーヴァン王国が壊滅しておったりして……」

「何か言いましたか？」

小さな声でぶつぶつ何か呟くグレンに聞き返すと、すぐに首を左右に振って口を開いた。

「ナンデモナイゾイ」

何故か片言で返事をするグレン。

不思議に思いつつ、グレンの執務室を後にする。グレンから得た情報を整理したが、やはり当初の予想通り、フィディック学院に迷惑がかかる前に一度カーヴァン王国へ説明に行った方がよさそうである。

そう決めた私は、すぐに準備に取り掛かるのだった。

◇

善は急げとばかりに、私はその日から準備をして次の日には行動を開始した。馬車に乗って空を飛び、カーヴァン王国を目指す。馬車の中からはグレンが顔を出しており、地面が流れる様を見て目を輝かせていた。

「ぅおっほほーう！　凄いのう！　アオイ君が本気を出すとこんなに速いんじゃのう！」

と、グレンは歓声をあげる。それに微笑みつつ、さらに速度を上げた。

「いえいえ、まだまだ速くできますよ。ただ、制御が曖昧になってしまいますが」

「お、おお……それはちょっと怖いぞい。というか、すでにとんでもなく速いと思うんじゃが？お、勘違いじゃなければさらに加速しとらんかの？　もう十分じゃぞ？　おーい、アオイ君？」

「いえ、時間短縮の為にもう少し加速しますね」

いくら効率化した飛翔の魔術とはいえ、速度を上げ過ぎると魔力の消費が増えてしまう。グレンは燃費を心配してくれているのだろう。

しかし、時は金なり、である。魔力を温存する必要もないだろうと判断し、さらに速度を倍にしてカーヴァン王国の王都を目指したのだった。

そのおかげで、夜に差し掛かる前に目的地近郊に辿り着くことが出来た。

「おお……あの特徴的な尖塔の数は、間違いなくカーヴァン王国の王都じゃ……まさか、ほぼ一日で着いてしまうとは……」

グレンがそこはかとなくぐったりとした様子でそう呟く。その言葉を聞いて、目の前の都市を改めて観察してみた。

確かに、日が暮れてきていてほとんどシルエットになりつつあるが、まるでニューヨークのマンハッタン島の夜景のようだった。ビルの代わりに背の高い尖塔が幾つも立ち並んでおり、尖塔の各所に明かりが灯っている。美しく幻想的ながら、どこか恐ろしさを感じるような景色だった。

周囲が高い城壁に覆われているから要塞のような無骨な雰囲気となるのだろうか。

ふと空を見上げると、もう星が見え始めていた。空の色もオレンジ色から紫や青色が混じってきている。

「とりあえず、王都に入って宿を探しましょうか」

そう提案すると、グレンが困ったような顔でこちらを見た。

「いきなり王都に入ることは出来んじゃろう。ここはカーヴァン王国の王都じゃ。人間不信……いや、慎重に慎重に行動するレイド王の居城がある街じゃからな。ちょっとやそっとの防衛力ではないと思うぞい」

グレンがそう口にした直後、まるでそれを合図にしたかのようにどこからか男性の声が響いてきた。どうやら、風の魔術を使って遠隔通話のような要領で声を飛ばしているらしい。

「ここはカーヴァン王国の王都である。貴殿らは何者か？」

厳しい雰囲気の中年男性の声だ。魔力の残滓から方向を探ってみると、どうやら尖塔の一つからのようだった。

「私が答えて良いですか？」

「おお、アオイ君が珍しくわしを立てようとしてくれておるのかの？　とはいえ、こんな状況で顔を立てられても困るから、アオイ君が話をしてくれて構わんぞい」

眉をハの字にしてグレンがそう言ったので、代表して私が答えることにする。

「我々はヴァーテッド王国のフィディック学院から来ました。学長のグレンと教員のアオイと申します。王都への入場を許可してもらえませんか？」

そう尋ねるとしばらく間が開いた。

「……風の魔術によって飛翔魔術を使い、さらには遠距離での会話を可能にしているとは、宮廷魔術師級以上の魔術師とお見受けする。そのような相手をこの王都に簡単に入れるわけには……」

と、断られそうな感じになったが、すぐに言葉が聞こえなくなる。またしばらく待たされたが、すぐに別の声が聞こえてきた。

「……失礼。先ほど、アオイ殿とお聞きしましたが、フィディック学院の上級教員であるアオイ殿でしょうか」

「はい？　ええ、フィディック学院にアオイという者は私しかおりませんので」

そう答えると、男は押し黙ってしまった。

「……どうしたのでしょう？」

あまりにも長い時間沈黙が続いている為、グレンに意見を求める。すると、グレンは馬車から顔を出して唸った。

「なんじゃろうなぁ……もしや、カーヴァン王国では悪い噂の伝わり方をしとるんじゃろうか。メイプルリーフやエルフの王国を制圧した学院の魔女、みたいな感じ」

「私がですか？」

「他におらんじゃろうもん」

あまりの言葉に聞き返すと、グレンは目を瞬かせて当たり前のようにそう言ってきた。

「……甚だ不服ですが、もしそんな噂が広まっていたら、もしかしたら攻撃されてしまう可能性もありますね」

少し緊張しながらそう告げると、グレンは片手を左右に振って否定した。

「逆じゃろう。誰かも分からん魔術師が急に王都に現れたら追い返すか武力制圧となるが、アオイ君が来たとなったらそんなこと恐ろしくて出来ないじゃろ」

「恐ろしい？」

「やや……！　違う違う、恐れ多いと言ったんじゃよ。やはり、エルフの王に認められた魔術師など聞いたことがないからのう」

と、グレンは妙に慌てた様子で言い換えた。

その様子に溜め息を吐きつつ、首を左右に振る。

「一部の方々から怖がられているのは承知しております。とはいえ、アードベッグさんも言っていましたが、カーヴァン王国ほどの大国が個人を怖がることもないでしょう」

グレンにそう告げると、グレンが何か答える前に王都から声が聞こえてきた。ただし、今回の声は少し気の強そうな女性の声だ。

「……現在、陛下は謁見をしておりません。しかしながら、事情があるだろうとのことで、謁見の時間を設けてくださるとのことです。その間はこちらが指定する場所で待っていただきますが、問題はありませんね」

丁寧な筈なのに、どうにも言葉の端々に棘が感じられた。

すぐには答えず、グレンに顔を向ける。

「……王に謁見を求めた記憶はありませんが」

確認すると、グレンは難しい顔で頷く。

「レイド王の方が会いたいのかもしれんぞい。もしくは、ジェムソン殿下とアードベッグ魔術師長から話を聞いていて、謁見が目的であると看破したかもしれんのう」

グレンの推測を聞き、納得した。

「なるほど。それならどちらにしても明日まで待った方がよいですね。どんな理由であれ、謁見が出来るというのなら願ったり叶ったりです」

「そうじゃのう……願いが叶うかどうかはまだ分からない気もするがのう……」

そんなやり取りをして、私は尖塔にいる魔術師へ声を飛ばした。

「はい。問題ありません」

そう答えると、数秒の間が空いて先ほどの女性の声が聞こえてくる。

「……それでは、正門を開けますのでそちらに降下してください。なお、こちらからは宮廷魔術師団が同行します。良いですね？」

「はい、構いません。それでは、下に見える大きな城門へ向かいます」

それだけ告げて馬車を降下させる。地面が近づいて来ると、想像以上に城壁が高いことに気が付く。広く、整備も行き届いた街道はあるが、夜だからか人の姿はない。巨大な城壁を下から見上げていると、壁の向こうで何かの装置が作動する音が鳴り響いた。地響きにも似た低い音を立てて、城門が徐々に開き始める。

どうやら、分厚い鋼鉄の扉のようだ。重量はどれほどだろうか。体積にその物質の比重を掛けたら重量を求めることが出来るが、鉄の比重を思い出せないので計算できなかった。

そんなことを考えていると、城門は半分ほど開いたところで止まり、中から人が出てきた。半分といっても幅は五メートル以上開いている。馬車も二台並んで通れるほどの余裕のあるスペースだ。

だが、そのスペースに人垣ができて壁のようになっていた。

なんと門の向こうから現れたのは、ぱっと見でも十人以上。それも、全て魔術師らしきローブを着た人々だった。

「……私は宮廷魔術師のクラクと申します。フィディック学院の学院長、グレン・フィディック侯爵。そして、上級教員のアオイ・コーノミナト様でお間違いないでしょうか」

クラクと名乗る背の高い男が確認の言葉を口にしたので、一礼して答える。

「はい。私がアオイです。今、馬車から出てきている方がグレン学長です」

振り向くと、ちょうど馬車から降りてくるグレンがこちらに気が付き、片手を振った。その様子を横目に見てから、クラクは私の顔を観察するように見る。

「……噂は我がカーヴァン王国にも届いております。世界屈指の魔術師と称されるグレン侯爵を、若くして凌駕する天才魔術師であり、エルフの王に認められた唯一の人間の魔術師、アオイ・コーノミナト殿。あまりにも信じられない噂ばかり流れてくるので、一部の魔術師はヴァーテッド王国が他国を牽制する為に情報を操作していると信じているほどですよ」

クラクは片方の口の端を上げて、苦笑交じりにそう言った。それにグレンは声を出して笑い、頷く。

「ほっほっほ！　そうじゃろうなぁ。わしも最初は信じられないような気持ちじゃったからのう。大体、全ての魔術を特級レベルで使うことが出来るだけでも驚くべきことじゃが、それを無詠唱で行使するからのう……前代未聞じゃよ」

そのグレンの言葉に、カーヴァン王国の魔術師達はざわざわと騒がしくなった。

「流石に……」

「無詠唱など、現実には不可能だろう」

「いや、しかし、そんな嘘を吐く意味などないぞ」

驚きと疑念の言葉が聞こえてくるが、すぐに中心に立つクラクが咳ばらいをして皆を黙らせる。

クラクは鋭く、ナイフのように目を尖らせて、私とグレンを見た。

「……お騒がせしました。とりあえず、本日の宿泊先へご案内いたします」

「ありがとうございます」

謝辞を述べると、クラクは浅く頷いて踵を返した。他の者達は警戒心を隠さない視線をこちらに向けたまま、左右に別れて道を開けた。その間を馬車を浮かせて通ると、案内する為に先頭にクラクが立ち、それ以外の魔術師達が馬車の後ろを囲むように移動した。

「それでは、こちらへ」

クラクがそれだけ言って先を進み、その後を付いていく。後ろからは無言で魔術師達も付いてきていた。正門からはまっすぐに道が続いているが、王城まで一直線という造りではなさそうだ。石畳の道は綺麗に舗装されており、通りの傍の建物は高くて三階建てという感じである。壁はどうやら暗い赤の煉瓦だろうか。統一感があって美しいが、その建物の二階、三階の窓から人の目が幾つも見えた。まさか王都に訪れる人間が少ないというわけではないだろうから、日が暮れてから街に入る者が珍しいのだろう。

不気味なくらい静かな街の中を歩きながら、前を歩くクラクの背に声を掛ける。

「街の中を歩く人が殆どいませんが、何故でしょう？　夜に開いているお店などもあまりありませんが」

尋ねると、クラクは横顔をこちらに向けて口を開いた。

「防犯の為、日が完全に暮れてからは外出することが出来ません。今、外を歩いているのは大半が衛兵でしょう」

「防犯の為ですか。それでは、夜に開いている店などもないのですね」

「限定的に認められた店舗は衛兵の休憩所として開いています。衛兵はかなりの人数で見回りをしていますので」

と、クラクは答えた。成程と頷いてから、改めて周りを見る。そう思うと、尖塔の各所に見える明かりはもしかしたら全て見回りをしている衛兵なのかもしれない。

やはり、王は過去の経験から相当慎重な性格のようだ。

「こちらです。次をもう一度曲がったらすぐですので」

二度、三度ほど角を曲がってから、クラクがそう言って通りの奥を指さした。途中から大通りを外れて少し狭い通りになったが、今では再び広い通りに変わっている。

ふと見ると、城壁がすぐ傍にあるのが分かった。

「城壁の傍ですか？」

「これは外周を覆う城壁ではなく、王城と一部上級貴族の館を囲う中央城壁と呼ばれる城壁です。この城壁はただの城壁ではなく、建物としても機能しています。この中には衛兵と魔術師団の宿舎があり、仮令（たとえ）外周の城壁が崩されたとしても王城まで一気に攻め込むことは出来ないようになっています」

そう言われて、城壁を改めて見上げる。確かに、上部の方には窓らしきものもあるようだった。また、そこから明かりも見える。

その城壁の傍に案内されるということは、何かあった際に騎士団や魔術師団総出で対応するということだろう。

余程警戒されているのか。そう思って後ろを振り返ると、馬車の後ろに列を作って歩いて来る魔術師達の姿がある。その視線は鋭く、私の一挙手一投足まで見られているように感じた。

「……到着しました。こちらです」

クラクにそう言われて前方に視線を戻す。すると、クラクは他の建物よりも少しサイズ感が小さな二階建ての建物の前で止まっていた。真四角の建物だが、装飾などもしっかりとされており、きちんと来賓用の建物らしくされている。そして、入口の両開きの門の前には全身あますことなく覆った甲冑を着込む衛兵が二人立っていた。手には大きな槍を持っており、刃先を上にして地面に立てるような格好だ。

衛兵達は目だけを動かして私の顔を見た。その様子を見て、クラクが片手で衛兵達を指し示す。

「彼らは来客を守る為に交代で丸一日ここに立っております。一時も目を離すことはありません。ご安心ください」

そう言われて、思わず苦笑してしまう。来客を守る為という言い分は間違いではないが、それよりも外部の者を監視する事が主なる目的だろう。もちろん、特に何か悪いことを企んでいるわけではないのだから、監視されたところで気にならない。

そんなことを考えていると、こちらの思考が何となく読めたのか、クラクは恭しく一礼して別れの言葉を口にした。

「それでは、後は中の者に。我々は一度戻り、明日お迎えに参ります」

そう言い残すと、クラクは私と馬車の隣を通り過ぎて来た道を戻って行った。一方、馬車の後ろで並んで立っていた魔術師達は一礼のみして踵を返し、クラクの後を追うように帰っていった。

「……グレン学長。とりあえず、割り当てられた宿泊先に入りましょうか」

「む？　そうじゃのう。中々豪華な雰囲気じゃが、不思議と緊張感が漂っておるように感じるが、気のせいかの？」

「気のせいだと良いですね」

衛兵達も見ている為、一応曖昧に返事をしながら建物の方へ向き直った。

軽く会釈をしながら衛兵達の間を通り、門をくぐって正面玄関の前に立つ。馬車は門の内側に置いておいた。

「……玄関の扉も金属製ですね。かなり分厚そうですが」

そう呟くと、グレンが眉根を寄せてこちらに顔を向ける。

「なんとなーく、嫌な感じじゃ。閉じ込められるんじゃないじゃろうか」

ものすごく不安そうなグレンがそう呟くと、門の前に立つ衛兵達が一瞬こちらをジロリと一瞥した。

「グレン学長、大丈夫ですよ。他国の侯爵を幽閉なんてしたら戦争になってしまいます。我々は何も後ろ暗いことはないのですから、堂々としていましょう」

「ま、まぁ、そうじゃのう……王子を学院から追い出したから、少しだけ不安なんじゃが……」

グレンは自信なさそうにそう呟くが、そもそも原因は王子なので別に責められることではない。

「大丈夫です。もしも閉じ込められたら、私が建物を破壊します」

冗談交じりにそう言ったのだが、グレンは顔面蒼白で首を左右に振った。

「そ、それはまずいぞい……あ、アオイ君、穏便に行くのじゃよ……」

慌てるグレンを見て、冗談を上手く言えなかったことを悟る。

「冗談ですよ」

微笑みながらそう答えて、扉をノックする。

「じょ、冗談じゃよな？　おお、本当に安心したぞい……」

大袈裟な態度で胸を撫でおろすグレン。その様子を横目で見ていると、扉が内側から開けられた。

「ようこそ、お客様。こちらに滞在される間、我々が身の回りのお世話をさせていただきます」

扉が開くと同時に、中から低い男の声が聞こえてくる。見ると、青いスーツに似た洋服を着た男が立ってこちらを見ていた。恐らく、執事だろう。年齢は五十代ほどだろうか。糸のように細い目で狐に似た笑顔で一礼している。その後ろには黒いメイド服を着た女性が十名ほど並んで頭を下げていた。

「おお、これはこれは……まるで貴族のような扱いじゃのう」

「グレン学長は貴族でしょう?」

「おお、そういえばそうじゃった」

と、グレンが上機嫌に冗談を飛ばす。

それに執事は小さく笑い声をあげた。

「ははは。グレン様は冗談がお好きなようですね。それでは、早速お部屋へご案内いたします」

さっと切り上げて、執事は自然な態度で建物の奥を指し示した。すると、メイド達は左右に別れて壁際に移動する。すると、視界が開けて建物の中が良く見えるようになった。

二階建てと簡単に紹介されたが、玄関フロアは吹き抜けらしく、天井が高かった。正面には幅の広い大きな階段があり、二階へと続いている。天井からはシャンデリアがぶら下がり、壁には美しい模様の大きな布が掛けられている。外から見た以上に建物内が広い分も含めて、とても豪華な雰囲気だ。

「お客様の寝室は二階になります。二階には寝室が五と談話室が設けられています。一階には食堂と浴室、トイレがあり、我々の待機する部屋も二部屋用意しております。後にそれぞれご案内いたしますので、ご用命の際はご遠慮なくお尋ねください」

執事はそう説明すると、先に階段を上って行く。二階踊り場に行くと、執事は再び振り返って両手を広げた。

「基本的にはお世話の関係上、男性は右手側、女性は左手側にご案内をさせていただいております。こちらとしてはその方がお世話をしやすくなっておりますが、問題はありませんか？」

執事が恭しくそんなことを言ってきた。

「ええ、構いませんよ」

特に何も考えずにそう答えると、グレンが「ひょ!?」と奇声を発した。

「わ、わし一人じゃと、危ないかもしれんぞい？　アオイ君、なにせか弱い老人じゃからな？　一応、結界魔術は使う予定じゃが、一抹の不安が……」

「グレン学長。自信を持ってください。学長の結界魔術ならその辺の宮廷魔術師でも突破することは出来ないでしょう。どんなものか見たことはありませんが」

「見たこともないのにわしの魔術を信頼してくれるのは有難い限りじゃが、今はもうちょっと心配してもらえた方が良かったのう……」

私の言葉にグレンはがっくりと肩を落とす。

その様子を見て、執事が楽しそうに笑った。

「ははは。お二人ともとても良い関係性を築かれているようですね。羨ましい限りです。それでは、早速お食事の用意をして参ります。何かご要望はありませんか？」

そう言われて、特に思い浮かばなかったのでメニューをお任せすることにした。

「私はなんでも構いませんが」

「わしは魚が食べたいのう。パンは柔らかい方が好みじゃぞい」

「かしこまりました」

と、グレンは嬉しそうに食事のリクエストをする。意外とちゃっかりしているようだ。

執事が一礼して階段を下っていくのを見送ってから、声のトーンを落としてグレンに尋ねる。

「……グレン学長。毒を盛られるかもしれないとかは心配しないのですか？」

「………………Oh」

質問すると、グレンはまたも眉をハの字にして情けない顔になった。しかし、すぐにハッとした顔になり、首を左右に振る。

「いやいや、他国の貴族を毒殺などしてしまっては、やはり大国の威信に関わるはずじゃよ。うむ、そうに違いない。じゃから、美味しい食事は有難くいただこうかのう」

グレンは良く分からない理屈を並べて一人で頷く。どうやらお腹が減っているらしい。不安よりも食への欲求の方が上回るあたり、やはり言うほど深刻には考えていなさそうである。

まぁ、こちらとしてはようやくゆっくり出来るという気持ちなので、グレンの楽観的な性格は大歓迎だ。

「そうですね。それでは、一旦割り当てられた寝室に行って食事の前にひと休憩しましょうか」

「うむうむ、そうじゃの。食事は何じゃろうなぁ。川魚も良いが、海の魚も良いのう」

と、すっかりご機嫌になったグレンは軽い足取りで寝室へと向かっていった。その後ろ姿に苦笑しつつ、私もすぐ傍の寝室へと向かうことにする。

ドアは暗めの色合いの木製で、とても雰囲気の良いデザインだった。なんだかんだでカーヴァン王国の街並みやこの建物のデザインは落ち着いていて洗練されている。しかし、どこか圧迫感を感じるのは何故だろう。

不思議に思いつつ、ドアを開けた。すると、我々が来ることを聞いてすぐに準備でもしていたのか、寝室は壁に取り付けられたランプが灯っており、室内を明るく照らし出していた。オレンジ色の光が部屋の各所を照らし出している様子は中々幻想的である。ベッドも大きく、二人はゆっくり寝れるサイズである。クィーンサイズベッドと呼ぶような大きさだろうか。

見事な刺繡がされた三人掛けの布張りのソファーもある。

「……ふう」

ソファーにぽすんと座り、一息吐いた。思ったより疲れていたらしく、自然と体重を背もたれに預けてしまった。こうなると、何となく腰を上げるのが億劫になる。

「少しゆっくりしましょう」

口に出してそう決めてから、肩の力を抜いて頭を背もたれに押し付けた。ソファーに座ったままの状態で手足を伸ばして、軽く伸びをする。

「……ん」

もう一度脱力すると、先ほどよりもはっきりとリラックスできたのが分かった。そのまましばらくぼんやりと過ごしていると、ドアをノックする音が聞こえてくる。

「はい」

返事をしながら立ち上がり、ドアを開けた。

すると、そこには先ほどの執事が立っていた。執事は恭しく一礼して、口を開く。

「お食事のご用意が整いました。グレン様は既に一階へ下りられております」

「ありがとうございます」

案内を受けてお礼を言いながら寝室を後にする。正直、先にお風呂に入ってしまいたいとも思うが、流石に淑女としていかがなものかと自問自答した。

執事に連れられて階段を下りていくと、グレンが一階で待ってくれていた。しかし、いつもと雰囲気が違う。

「……グレン学長？　その服は……」

尋ねると、グレンはどこか得意げな態度で服の襟を両手でなぞり、微笑む。グレンは先ほどとは打って変わって貴族らしい豪華な服を着ていた。真っ白な生地に金と銀の刺繍が入っており、さらに宝石などが取り付けられた杖なんてものも持っている。

まじまじとグレンの格好を見ていると、グレンは軽やかな笑い声をあげて奥に立つメイドを指し示した。

「疲れておったから先に浴室に案内してもらったのじゃ。そしたら丁度良い着替えもあってのう。いや、これは良い生地じゃよ。着心地が良い」

と、グレンは嬉しそうに語る。カーヴァン王国の王都に到着した当初とは真逆の態度だ。緊張感など欠片も感じられない。

「良かったですね。私も食事が終わったら浴室に案内してもらいましょう」

グレンが羨ましかった私は、すぐにそう言って執事を見ると、執事は微笑を浮かべて会釈したのだった。

【ＳＩＤＥ：別視点】

「え？　カーヴァン王国に？」

アオイの講義を受けようと思って学院内を歩いていたディーンは、予想だにしていなかった言葉を聞き、眼を丸くした。

「あ、うん……昨日から噂になってたけど、知らなかったの？」

シェンリーが驚いて尋ねると、ディーンは困ったように頬を人差し指で掻いた。

「それが、雷の魔術を教えて欲しいって人がいて、それでアオイ先生以外の講義は出ずに教えてたんだよね……」

「へぇ、そうなんだ。凄いね。生徒なのに、誰かに魔術を教えてるなんて」

ディーンの言葉にシェンリーは素直に感嘆の声をあげる。ディーンは照れて頬を赤くすると、誤魔化すように笑う。

「あ、はは……多分、すぐに皆雷の魔術を使えるようになると思うよ。僕でもできたんだし、アオイ先生が教えてくれたら……」

言いながら、ディーンはハッとしたような顔になり、シェンリーを見た。

「あ、そうだ！　その、アオイ先生がカーヴァン王国の王子と争いごとになったって聞いたんだけど……もしかして、それでカーヴァン王国に呼び出されたの？」

「ううん、それは違うんだけど……原因はその王子だと思う。でも、アオイ先生ならきっとすぐに帰ってくるよ。いつも行くと決めたら行って、帰ると決めたら帰ってくるでしょう？」

苦笑しながらシェンリーがそう口にするが、ディーンの表情は晴れなかった。

「……カーヴァン王国は、多分今までと同じようにはできないと思う」

ディーンは聞こえるか聞こえないかという小さな声でそう呟くと、眉根を寄せて心配そうに遠くの空を眺めたのだった。

第四章 ― 歓待

食堂に案内されると、寝室に少し似た雰囲気だった。分厚くて長いテーブルがあり、壁や柱には豪華な装飾が施されている。天井からは小さめのシャンデリアが幾つか吊り下げられているが、明るさは調整されているようだ。

周囲の柱に取り付けられているランプの明かりと天井からの明かりで、少しだけ薄暗く感じるのに雰囲気は中々良い。

椅子は背もたれが丸く、高さも背丈ほどもある。食堂なのにこんなに大きな椅子が必要なのだろうか。見るからに重そうだから使い難いと思うのだが。

そんなことを思っているとメイド二人が椅子を音もなく引き、こちらを見てきた。

「ありがとうございます」

一瞬戸惑ったが、私が座りやすいようにしてくれていることは明白なので、大人しくお礼を述べて椅子に座っておく。反対側ではグレンも同じように席についていた。すると、それを待ち構えていたようにテーブルの上に一気に料理が並べられていく。

メイド達が代わる代わる料理を持ってきてはテーブルに並べていき、あっという間にテーブルの上にはフランス料理のフルコースが全て並んだようになってしまった。

香草で包んだ大きな魚の姿焼き、見た目鮮やかな果物と野菜のサラダ。他にも鳥肉を野菜と一緒に蒸した料理や、野菜のパスタらしき麺料理とオレンジ色の温かいスープまであった。もちろん、グレンの要望した柔らかそうなパンも山盛りである。

「おお、これほど豪華な晩餐を用意してもらえるとはのう」

グレンもご満悦である。執事はその様子に満足そうに頷き、胸に手を当てて口を開いた。

「この施設は他国の重要な立場の方々を歓迎する為に建てられました。言い換えれば、この施設は王城と同様、我が国最高の歓迎をお客様に披露する場所なのです。お客様のどのような要望にも最大限の努力をいたします。その結果、お客様からお褒めの言葉を頂けたのなら、それは私どもにとって最高の名誉となるでしょう」

執事がそう言うと、グレンは大きく頷き返す。

「うむうむ。フィディック学院に戻ったらカーヴァン王国は素晴らしい歓迎をしてくれたと伝えるぞい。それでは、さっそく頂くとしようかのう」

「そうですね。せっかく美味しそうなお食事ですし、冷める前に食べたいです」

グレンが執事とのやり取りもそこそこに会話を打ち切り、料理の数々に向き直る。ちょうど空腹だった私もそれに乗っかった。それを見て、執事は苦笑しながら一礼する。

「失礼しました。それでは、また何かご要望がありましたらお声がけください。お二人の邪魔をしないよう、最低限の人数のみを残させていただきますので」

執事はそれだけ言って、メイド達を連れて食堂から出ていった。残ったのはメイド二人だけだ。恐らく、グレンと私にそれぞれ付けてくれているのだろう。

「おお、これは美味いぞい！　パンも風味豊かで良いのう」

と、気が付けばグレンは先に食事を始めていた。どうやら相当美味しかったようで、グレンは満面の笑みで食事を楽しんでいる。

「それは良かったですね。しかし、最初は何か仕掛けられたらと心配していませんでしたか?」

そう尋ねつつ、料理をフォークとナイフを使って切り分けていく。何となく気になった蒸し鶏にナイフの刃先を入れたが、驚くほど柔らかかった。ソースは白っぽい色合いで、少しスパイスの香りがする。

グレンはパンをもぐもぐ食べながら笑い、片手を左右に振った。

「いや、最初はそんな心配もしておったが、これだけ歓迎してくれていたら大丈夫じゃろう。皆良い人達じゃし、料理もとても美味しいぞい」

と、グレンは嬉しそうに語る。どうやら、皆が優しく接してくれることでグレンの生来のお人好しが出てしまったようだ。まぁ、慎重さには欠けるが、とてもグレンらしい。

「それでは、私だけでも一応警戒しておきましょう」

微笑みつつそう呟き、そっと料理に魔術を使用した。見えないように、メイプルリーフ聖皇国の癒しの魔術の一つ、解毒の魔術を使ってみる。僅かに切り分けた肉が発光するが、ほとんど見えないだろう。

「……この魔術も不思議ですよね。毒というのは様々な種類があるものですが、物質的な毒は全て取り除けるというのは信じられません。毒と一口に言っても、それぞれ成分が……」

「おーい、アオイ君？　おーい」

「はい？」

名前を呼ばれて、私は顔を上げる。すると、グレンが困惑したような顔で首を傾げていた。

「どうしたんじゃ。何かぶつぶつ言っておったぞい？」

「あ、申し訳ありません。ちょっと気になることがあって……」

そう答えて、ようやく切り分けていた肉を口に運ぶ。口に入れた途端、ソースの甘味とピリリとしたスパイスの味を感じ、肉を噛んだ瞬間に旨味の詰まった肉汁が口の中に広がった。味は意外にも中華に近いかもしれない。かなり手の込んだ料理のはずだが、味付けはくどくなく、いくらでも食べられるような感じである。

「これは美味しいですね」

「うむうむ、とても繊細な味じゃよ。わしのような上品な高齢者にはちょうど良いのう」

「ご機嫌ですね、グレン学長」

グレンはお気に召したのか、料理を次々と口に運んでいる。

先日食べたドワーフがオーナーをするお店の料理もとても美味しかったが、どちらかというとあの店の料理は美味しい個人居酒屋のような感じだった。対して、こちらは高級なレストランだ。上品かつ豊富な品数でどんなお客を相手にしても満足させることが出来るだろう。

多くの人は高級レストランを喜ぶに違いない。しかし、何となく私はあのドワーフの店の方が好きだった。

　食事を終えて、グレンは満足そうに夜の挨拶をする。

「うむ、美味しかったのう。それじゃあ、わしは先に寝室で休むことにするぞい」

「はい、私はお風呂をいただいてから寝ますね。それでは、おやすみなさい」

　そう言って頭を下げると、グレンはメイドに連れられて出ていった。

「アオイ様。それでは、湯浴みの準備をいたします」

「はい、よろしくお願いします」

　メイドの言葉に同意すると、メイドは一礼して食堂から出ていく。結果、寝室以外で初めてこの建物の中で一人だけになる時間が出来た。

　この状況を考えると、やはり我々を害するような気はないということだろう。もし監視以上のことを考えているなら、絶対に我々から目を離すようなことはしないはずだ。

　そう思って少しホッとしていたのだが、すぐにメイドが食堂に入ってきた。

「ご準備が整いました」

「ありがとうございます」

　いつの間に準備したのか。それとも既に準備していて、メイドが最終チェックをしただけなのか。僅かな時間で戻ってきたことを考えると後者なのは間違いないだろう。

　メイドに連れられて食堂を出ると、廊下の奥へと案内された。

「こちらが女性用の浴室です」

そう言われて、広い部屋へ通された。どうやら脱衣所のようだ。それにしても、まさか来客用とはいえ男女別の浴室があるとは思わなかった。フィディック学院は特殊な環境であり、上級職員には浴室が付く。しかし、通常は貴族の家や王城ぐらいしか浴室、浴場と言えるような設備は無いのが普通である。

それなりの魔術師が常駐しているならハードルは低くなるが、もしかしたらあの執事やメイド達が魔術師なのだろうか。

そんなことを思いつつ、脱衣室で服を脱いで浴室へと入る。片開きの扉を開けると、まず鏡のように磨かれた石の床が目に入った。そして、中心にある大きな丸い湯舟に驚く。

「……これは初めてですね」

そう呟きながら、湯舟の前に移動した。五人はゆっくり足を伸ばして入ることが出来るだろう。少し詰めれば十人以上は入れるような広さだ。お湯も沸かしたばかりのように湯気が立ち昇っている。

これは素直に嬉しい。

早く手足を伸ばして湯に浸かりたいと思って改めて浴室内を見回した。だが、身体を洗う場所が見当たらない。流石にこのまま入るのは気が引けるので、水の魔術で簡易的にシャワーを浴びるべきだろうか。

そう思っていると、不意に扉が外から開かれた。まさか誰か来るなどと思っていなかった私は思い切り身構えて振り返った。

「……お身体を洗いにまいりました」

「どうぞ、こちらに」

そう言って、メイドが三名入室してきた。それも、三人とも肌が透けるような薄い布を体に巻き付けている。

「えっと、道具さえ貸していただけたら自分で洗いますが……」

この世界に来て一番くらいの動揺をしつつ、何とか冷静に返事をした。すると、メイド達は揃って首を左右に振る。

「いいえ、これが私どもの仕事です」

「申し訳ありませんが、そればかりは……」

「どうぞ、こちらにお座りください」

そう言って、三人は湯舟の傍に木製の丸い椅子と薄い布を持って並んだ。手桶らしき物まである。まさか、あの布を使って私の体を洗うつもりだろうか。あんなに薄い布では素手で触るのとほぼ変わらないのではないだろうか。

「あの、せめて背中だけにはできませんか？　その、見た目に自信があるわけではないので、気恥ずかしくなってしまいます」

しどろもどろになりながらそう答えると、メイド達は顔を見合わせた。そして、誰ともなく含みのある笑みを浮かべる。

「……とても凛々しい方とお見受けしておりましたが、少し見方が変わってしまいました」

「とても、可愛らしい方なのですね」

「ふふふふ……」

メイド達は、突然獲物を見つけた肉食獣のように目を輝かせて、じりじりとこちらににじり寄って来る。エルフの王と相対した時とは比べ物にならない危機感を覚える。

力尽くならば脱出くらいは容易だろう。しかし、メイド達の仕事は来客を歓迎し、持て成すことである。そんな彼女達の業務を恥ずかしいからといって邪魔するわけにもいかないだろう。

「……お手柔らかに、お願いします」

諦めた私は、小さな声でそう呟いて椅子に腰を下ろしたのだった。

◇

翌日、眩しいほどの朝日が窓から差し込み、目が覚めた。一応、何者かが現れたら分かるようにカーテンを開けておいたのだが、どうやら問題なかったらしい。

とはいえ、部屋の外には触れるだけで全身が痺れて失神するだけの電流を流しておいた。電流の発生源は部屋の端に設置した雷球の為、現在も流れたままである。

まぁ、流れているのは扉の取っ手と壁の中心部分、そして窓枠のみなので、間違えて感電するということもないだろう。執事やメイドがドアをノックもせずに開けることは無いのだから。

そう思って、私はゆっくり朝の準備をしようとベッドから起き上がった。片目を擦りながら部屋の中を歩き、豪華な化粧台の前に座る。なんと、鏡の周りを金銀宝石で装飾してあるのだ。陽の光が差し込むと反射して美しい。

「……これ一つでお家が建ってしまいそうですが……」

と、何となく豪華すぎる鏡を眺めながら思う。そのあたりの金銭感覚は庶民的だと自負していた。

鏡を見ると、そこにはいつもの自分……よりかは寝ぐせの少ない自分の姿があった。そのことに思わず何度か瞬きをして驚き、硬直する。

その瞬間、昨晩起きた惨劇の記憶がまざまざと脳裏に蘇った。思わず身震いして自らの肩を抱く。

「……っ」

目の前に広がる、頬を赤らめて獰猛な笑みを浮かべる半裸のメイド達。そして、身体中をまさぐるように触ってくる六つの手、三十の指。恐るべきことは、そのような有無を言わさぬ迫力を発しながらも、きちんとした洗体だったことだろう。

素早くお湯を汲んで身体を洗い流しながらボディタッチをし、柔らかい布に花の香りを発する泡を付けて身体を隅々まで洗われた。さらに、ボディオイルのようなもので全身をマッサージされた。

指の間まで念入りにマッサージされたのだが、悔しいことにとても気持ちが良く、湯舟に浸かって出る頃にはとてもリフレッシュ出来ていた。

さらに、今目の前には寝起きなのに髪の爆発が抑えられた私の姿があるのだ。こうなると、しっかりケアしてもらっただけにメイド達を怒ることも出来ない。

「……特殊なシャンプーや整髪料でも使っているのでしょうか。自分で洗ってもこうなるなら、ちょっと自宅用に持って帰りたいですね。売ってくれると良いのですが」

そう呟きつつ、寝ぐせで鳥の巣のようになった髪を整えることにする。普段なら綿あめのようになっているわけだから、それに比べれば何倍も楽だ。水の魔術と風の魔術を同時使用してサササッと全体を直し、最後の仕上げとして櫛で梳いてゆく。僅かな時間でいつも通りとなった。髪も何となくいつもより艶やかな気がする。

これは、後で必ずメイド達に商品がどこかに売っていないか確認しなければならない。そんな決意のもと、身支度を済ませて雷の魔術を解除する。

部屋の隅に設置されていた雷球は徐々に小さくなっていき、放電も収まっていく。

そうして一分少々で雷球は綺麗に消滅した。大量の電流は全て地面へ放電されていっただろう。

「さて、グレン学長は大丈夫でしょうか」

一応、天井を通してグレン学長の寝室のドアと壁にも電流を流しておいたので、恐らく大丈夫だとは思うが。

そんなことを思いつつ、部屋のドアを開けて廊下へと出た。

と、開けた瞬間に床に転がる人影に気が付く。

「……侵入者の方ですか？」

そう尋ねるが、地面に倒れた人達は身動き一つしない。どうやら、完全に失神してしまっているようだ。地面に倒れた人は合計で五人。何故かは知らないが、全て私の部屋の前で倒れている。グレンの泊まった寝室の前には誰も倒れていないようだ。

倒れた五人は全員が黒い衣装に身を包んでいた。ローブを羽織っているのだが、その内側は軽装の鎧を着こんでいるようである。

まさに夜襲をかけに来たような雰囲気だ。

顔を確認しようかと思って倒れている人物の一人に近づこうとすると、階段の下から声が聞こえてきた。

「……おはようございます。もう、そちらの方々に触れても大丈夫ですか？」

挨拶をしながら、執事が階段を上がってきた。

「おはようございます。触れても良いとは？」

そう尋ねると、執事が苦笑しながら片手を出して倒れた人達を指し示す。

「いえ、夜中に物音がしたので見回りをしたのですが、その手前の方が倒れる瞬間を目撃しました。すると、その一番後方の方が突如として痙攣して倒れ、次に倒れた二人を起こそうと間の三人が動いたのですが、倒れた二人に触れた瞬間三人とも痙攣して倒れてしまいました。その後も痙攣がしばらく続いていた為、これは過去に失われた呪いの魔術に違いないと思い、避難しておりました」

執事が真顔でそんなことを言うので、真意を測りかねてしまう。この建物に何者かが侵入したというのに、これほど淡白な反応はどうなのか。本来なら来客者を危険な目に遭わせてしまうかもしれない状況だったのだから、もう少し動揺しても良いのではないかと思ってしまう。

それとも、これはある種の試験で来訪者の実力を測るといったことでもしているのだろうか。

そんなことを考えていると、執事は静かに一礼して口を開いた。

「……この施設で怪しい者達の侵入を許してしまうとは、お恥ずかしい限りです。実は私どもは一定の水準を満たした実力を持つ魔術師でして、この建物を覆うように交代制で結界魔術を張っておりました。これまで誰一人外部の者の侵入を許したことはありません。それが、まさか気づかれぬ内に五人も、とは……いやはや、参りました」

そう口にしてから、執事は顔を上げる。その表情は口調とは裏腹にとても険しいものだった。執事は片手を顔に押し当てて表情を隠すような仕草をした。そして、低い声で呟く。

「……一番可能性が高いのは裏切りでしょう。メイドを選んだのは私です。きちんとかたをつけますので、ご安心ください」

ドスの効いた声でそう言う執事の目は、物騒な光を放っていた。恐らく、執事としての自尊心を傷つけられたのだろう。その態度を見る限り、執事は本当に侵入者とは無関係なようだ。

「まぁ、私は侵入者がいたことにも気が付かずに熟睡しておりましたので、そこまで深刻に考えずとも大丈夫ですよ」

そう言って微笑むと、執事は目を瞬かせて動きを止めた。そして、口の端を片方だけ上げて皮肉めいた笑みを浮かべ、一礼する。

「御見それしました……これは、侵入者達の方が可哀そうになりますね。流石はフィディック学院の上級教員、ということですか。とはいえ、私の失態ですから、侵入者達には全て吐いてもらいます。もし望むならその様子を見学されても構いませんよ」

微笑みとともにそんなことを言われたが、とてもではないが愉快な気持ちで見れるものではなさそうだ。私はしっかりと首を左右に振っておいた。

「いいえ、見学は止めておきます」

そう告げると、執事は残念そうに眉尻を下げて苦笑する。

「そうですか。もちろん、結果は後でご報告いたしますのでご安心ください」

「……ありがとうございます」

何とも言えない気持ちでお礼を言っておく。

そうこうしていると、ようやくグレンがドアを開けて寝室から出てきた。まだ若干眠そうな様子である。

「おお、おはよう。中々良い部屋じゃったのう、アオイ君……って、な、なにがあったんじゃ？

なぜ、こんなに人が倒れておるんじゃろうか……まさか、ついにアオイ君……」

グレンの眠そうだった顔から、みるみるうちに血の気が引いていく。何をどう勘違いしているのか、その顔色を見るだけで何となく察してしまう。

「……殺してはいませんし、私の方が被害者になるところでしたからこれは正当防衛ですよ」

そう告げると、執事が同意するように頷いた。

「申し訳ございません。お客様に宿泊していただく施設であるというのに、不埒な輩の侵入を許してしまいました。全て、管理者である私の責任です。今後はこのようなことが無いようにいたしますので、ご安心ください」

執事が力強くそう言うと、グレンはホッとしたように胸を撫でおろした。

「お、おお……それではアオイ君は加害者じゃなく被害者なんじゃな？　本当に良かった。この後、この国の王に会おうというのに、どうしたものかと頭を抱えそうになってしまったぞい」

グレンはそんなことを言って笑う。

執事はその様子に微笑み、階段下へ自らの手を伸ばした。

「それでは、気を取り直して最高の朝食を準備させていただきますので、食堂へどうぞ。現在、この建物にメイド達はおりませんので、少々お時間をいただきますが、ご了承くださいますようお願いいたします。また、こちらの侵入者は私が責任を持って捕縛、尋問いたしますので、そちらについてもご安心を」

と、執事は細い目を更に糸のように細めてそう口にした。

「……まさか、夜中に侵入者が現れるとはのう。あれだけ歓迎された後じゃったから、全く予想しておらんかったぞい」

「カーヴァン王国に来た時と全然違うこと言ってますよ」

食堂に入り、席につくなりそんな会話をする。グレンは苦笑しつつ、頷いた。

「いや、面目ないのう……皆親切でありがたいと思って感謝しながら寝たくらいじゃもの」

グレンはそう言って自嘲気味に笑い、すぐにまだ見ぬ朝食へと意識を移す。

「どんな朝食じゃろう？　昨日は事前に要望を聞いてくれたが、今日はそんな余裕はなさそうじゃのう」

「それでも、昨日と一緒で豪華な朝食が出るかもしれませんよ」

「おぉ、楽しみじゃな」

グレンは先ほどのことをすっかり忘れたのか、上機嫌で笑う。グレンの明るさに苦笑しつつ、それがグレンの長所でもあるかと思い直す。人を疑わず、お人好しと評されそうなほどの善人。それがグレンという人物だろう。

そんなことを思っていると、食堂の扉が外から開かれた。

「お待たせしました」

現れたのは執事である。まだ食堂に入って二十分も経っていない。まさか、今の間に侵入者達をどうにかしたのだろうか。縛ってそのあたりの部屋に転がすにしてもそれなりに時間がかかりそうだが。

しかし、それよりも執事が手で押してきた配膳台の上に乗った料理を見て驚いた。

なにせ、少し手の込んだ焼き野菜の入ったスープや白いソースのついた麺料理。そして、魚を素揚げにした料理や卵料理らしきもの、サラダ。そしてグレンの喜んだ柔らかいパンまであった。

「……凄い料理の数々ですが、どこかから持ってきてもらったのですか？」

先ほど、執事は建物の中にメイド達はいないと口にしていた。とてもではないが、一人でこんな手の込んだ料理を作る時間などないだろう。

しかし、執事は楽しそうに肩を揺すって笑った。

「私に不可能はありません……と、言いたいところですが、実は侵入者が現れてすぐに状況確認とメイド達の拘束をしてからずっと起きておりまして、時折二階に様子を見に行きつつ料理を作っておりました。なので、先ほどは侵入者達を拘束して地下牢に入れた後、料理を温めただけなのです」

そう言って執事は照れ笑いを浮かべる。しかし、それにしても十分早い。それに、まさかこれだけの料理を執事一人で作ることが出来るとは。

「いいえ、十分凄いと思いますよ。そもそも、これだけの料理を男性の方一人で作れることに尊敬します」

そう告げると、執事は一瞬首を傾げ、すぐに何かに気が付いたように微笑んだ。

「ああ、もしかすると勘違いされているかもしれませんが、昨日の料理も私が一人で作っていますよ。メイド達の中に料理が出来る者はおりませんので」

「なんと！　そうじゃったのか」

執事の言葉にグレンは驚き、すぐに破顔してどの料理がどう美味しかったかと感想を述べ始めた。

料理が苦手な私は何となく肩身が狭いような気持になってしまったのだった。

それから、なんと一週間。私は同じ建物で七回目の朝を迎えた。

「おはようございます、アオイ様」

「……おはようございます」

挨拶を返すが、執事の表情が困ったように歪む。もしかしたら感情が表に出てしまったかもしれない。

「お待たせしてしまい、大変申し訳ありません。一応、こちらからも出来るだけ早くしてもらいたいと要望は伝えております。ただ、陛下と謁見と聞いておりますが、もしかしたら今しばらく待つ必要があるかもしれません」

と、執事は残念そうに呟く。すると、話を聞いていたのかグレンが寝室から出てきて口を開いた。

「おはよう。ところで質問なのじゃが……陛下との謁見はだいたいどれくらい待てば出来るものじゃろうか。一週間、二週間は良く聞くが、それくらいは覚悟しておいた方が良いのかのう」

グレンがそう尋ねると、執事は言い難そうに表情を歪めた。しかし、質問されて答えないなど執事に許されるはずがない、とでも言うように難しい表情で口を開く。

「平均ですと、恐らく一ヶ月ほどでしょうか……最大で半年ほど待たされた方もおりましたが……」

その言葉を聞いて、私は思わず目を見開いてしまった。

「……半年?」

第五章

——アオイのいないフィディック学院

「……おいおい、またか？」

誰もいない講義室で、ロックスが不機嫌そうにそう呟いた。それにフェルターが鼻を鳴らす。

「……毎週誰かが訪ねて来るような状況だ。今更だろう」

低い声でそう言われて、ロックスは大きな音を立てて舌打ちする。

「面倒な……そもそも、アオイを知りもしない奴らが何が結婚だ」

ぼそりとロックスが口の中で呟くと、フェルターの頭の上の耳がピクピクと動いたが、何も言うことは無かった。

その時、講義室のドアが外から開かれ、二人の目が同時にそちらへと向けられる。

現れたのはコートだった。コートは二人を見て困ったように笑う。

「ああ、ここにいましたか。やっと見つけましたよ」

そう言ってコートが入ってくると、ロックスは不機嫌そうな態度を隠しもせずに目を鋭く細める。

「……何の用だ」

ぶっきらぼうにロックスがそう尋ねたが、コートは意に介した様子も見せずに微笑みながら近づいてきた。

「それが、困ったことになりまして……ちょっと相談に乗ってくれませんか？」

「……調子の狂う奴だな。聞くだけ聞いてやる、言ってみろ」

怒気をぶつけたところで綺麗さっぱり受け流すコートに、ロックスは溜め息を吐いてそう聞き直した。すると、コートは腰に片手を当ててもう片方の手をひらひらと振る。

「コートハイランドより連絡があり、二人の議員が子息を学院に入学させたいというので手続きをしています。しかし、その議員二人の子息というのが、どうも私よりかなり年上のようでして……これは、また例のパターンかなと」

苦笑しながらコートがそう告げると、ロックスは肩を落として深い溜め息を吐いた。それに同意するように小さく息を吐きつつ、コートは二人を見る。

「……今のところ、私にはそういった話は来ていませんが、そちらはどうですか？　お二人とも王族と上級貴族の子息ですし、似たような話があったのでは？」

「……別に」

ロックスがコートの質問にそう答えると、次はフェルターに視線が向けられる。

「フェルターさんもですか？」

コートが目を細めてそう尋ねると、フェルターが僅かに身じろぎをして視線を向けた。

「……俺は、家からアオイを嫁に貰ってこいと言われたが、何も答えていない」

フェルターがそう告げると、ロックスは目を見開いて驚く。

「な、なんだと!?」

ロックスの驚愕に、フェルターは口をへの字にして黙り込んでしまう。その様子にコートは眉をハの字にして頬を掻く。

「恐らく、私の父も同じようなことを思っているでしょうね。直接そういった政略結婚をするようにといった指示はありませんが、アオイ先生がコート・ハイランドに来てくれたら嬉しい、といった内容の手紙はもらっていますので」

コートはそう口にした後に、ロックスを横目に見た。

「……ミドルトン陛下からは、特にそういったことはありませんか？」

改めてコートがそう聞き直すと、ロックスは言い難そうに口籠り、腕を組んだ。一、二秒考える時間を置いて、ようやくロックスが顔を上げずに答える。

「……俺は、母上から必ずアオイの争奪戦に勝つようにと命令された。それこそ、先週の話だ」

そんなことを言いだすロックスに、コートとフェルターは思わず顔を見合わせる。

「……争奪戦？」

「……だから、他国の婚約志願者達を蹴散らしていたのか？」

コートとフェルターが同時に聞き返すと、ロックスは顔を真っ赤に染めて怒鳴る。

「ば、馬鹿か貴様ら！　そんなわけがあるか！」

激昂するロックスに、コートは笑みを浮かべたまま肩を竦めた。

「大きな声で否定するあたりが嘘っぽいですね」

「ぶっ飛ばすぞ!?」

コートが疑うようなことを言うと、ロックスは立ち上がって恫喝した。激しく感情を露わにするロックスを見て、コートは何も言わずに再度肩を竦めて首を左右に振る。ロックスはコートの態度に何か言おうと口をモゴモゴさせたが、何故か視線を逸らしてフェルターに目を向けた。

「……だ、黙っているが、フェルターはどうなんだ!?　お前だってアオイを嫁に貰えと言われて、どう思っている!?」

ロックスが怒鳴るように尋ねると、コートも面白そうな顔でフェルターに振り返った。二人の視線を集めて、フェルターは眉根を寄せる。

「……どう思っている、だと？　俺が、アオイをか？」

フェルターは独り言のようにぶつぶつと呟き始めた。

「……どう思っているか。あまり、考えたことが無かった。強く、美しいと思うが、優しく、温かいと感じる面もある。しかし、どのような存在かと言えば、やはり師として仰ぐべき存在、だろうか……」

そんなことを呟きながら思索に耽るフェルターを眺めて、コートは乾いた笑い声をあげた。

「……ほとんど答えを口にしているような気がしましたが」

コートがそう言うと、ロックスが鼻を鳴らして同意する。

「まったくだ。これだから、ケアン家の人間は……」

ロックスがそう口にすると、コートは呆れたような顔になった。

「え？　貴方がそれを言いますか？」

「な、なな、なんだと!?　どういう意味だ!?」

と、コートの突っ込みに怒鳴るロックスを一瞥して、フェルターが溜め息交じりに呟いた。

「……どちらでも良い。とりあえず、共通することはカーヴァン、グランサンズ、メイプルリーフの三国から来る転校生は叩き潰して良いということだな」

フェルターが物騒な発言をして話をまとめようとすると、コートが慌てて両手を振った。

「い、いえいえ、そんな乱暴な対応ではいけません。正式な手続きでこのフィディック学院に来ているでしょうから、追い出すなんてことをしたら軋轢が生まれます。戦争の原因となってしまったらどうするんですか」

コートが必死に二人の行動をなだめようとすると、ロックスは腕を組んで椅子に座りなおす。

「……じゃあ、どうする？　そうこうしていると、コート・ハイランド同様にブッシュミルズからも別の男が来るかもしれんぞ」

「それはヴァーテッド王国も同じではありませんか？」

ロックスの質問に、コートは怪訝そうにそう聞き返した。すると、ロックスはなんとも言えない顔をしてそっぽを向く。

「……うちは大丈夫だろうさ。良くは知らないが、母上が他の貴族に圧力をかけたらしいからな」

ロックスのそんな言葉を聞いて、コートは引き攣ったような笑みを浮かべた。

「さ、流石はレア王妃ですね。君主でなくとも他の貴族達を抑え込むことが出来るとは……」

コートがそんな感想を漏らして驚愕する中、フェルターも浅く顎を引いて同意する。

「……我がブッシュミルズ皇国も同様だ。俺が学院にいるから、他に人はいらないと伝えているらしい」

面倒くさそうにそう言うフェルターに、ロックスの眉間に皺が寄った。

「ラムゼイ侯爵の意向は分かったが、そもそもお前はアオイのことを師匠と思っているんじゃなかったのか？」

「……そうだ」

フェルターは言葉少なくロックスの質問に答える。それにロックスは懐疑的な目を向けたが、何も言うことはなかった。

◇
「……ん？　まさかとは思うが、あれがそうか？」

講義室から正門へ移動したロックスが、正門で揉める人の群れを見てそう呟く。それに、後ろを並んで付いてきていたフェルターとコートが顔を上げた。

正門では、騎士らしき鎧を着た男達が十数名。さらに、魔術師らしきローブの男も二、三名ほどいた。奥には、黒の生地に銀の糸で刺繡が施されたマントを羽織った位の高そうな男が立っている。

近づくにつれて声が聞こえてくるが、どうやら揉めているらしい。そう思ったロックスは、面倒くさそうに顔を顰めながら口を開く。

「おい、何を揉めている？」

ロックスは手前に立っていたフィディック学院の生徒らしき男に尋ねる。すると、男はロックスとフェルター、コートを見て驚き、すぐに状況を説明した。

「今日初めて学院内に入ろうとしたみたいなんですが、受付で武器の持ち込みが出来ないと言われてもめているようです」

そう言われて、ロックスは頭を抱えるように片手を額に当てた。

「……学院に何故、武器をもった護衛を連れてきているのか。まさか、アオイを力尽くで連れて帰るつもりじゃないだろうな……」

「え？」

「何も言ってない！」

小さく呟いた言葉に生徒が思わず聞き返すと、ロックスは顔を赤くして怒鳴った。その剣幕に生徒が震え上がって口を閉じると、ロックスはバツが悪そうに鼻を鳴らして視線を正門へと向ける。

「受付の爺さんは気にもしないだろうが、周りの奴らは不安になるだろう。鎮圧するぞ」

ロックスがそう告げると、フェルターは口の端を上げて軽く腕と首を回した。そして、コートが慌てて口を開く。

「ちょ、ちょっと待ってください。私が先に行って話を聞いてきますから」

コートがそう言うと、二人は不服そうに振り返った。

「……もうそれなりに喧嘩腰になってるぞ？　どうにか出来るか？」

「……五分だけ待ってやる」

意外にも、二人はコートの言葉を尊重したのか、待つ素振りを見せた。それにコートはホッとした様子で頷き二人を追い抜いて前に出る。

正門まで歩いていくと、先ほどよりも激しくなった喧騒にコートは若干顔を顰めた。

「だから、我がマッカイ侯爵家のホス・マッカイ様がわざわざフィディック学院の生徒になりに来たというのに、このような庶民と同様の扱いを受けることを問題だと言っておるのだ！　何故、それが分からん!?」

怒りに唇を震わせて怒鳴る中年の騎士。対して、受付の初老の男は表情一つ変えずに何度か頷いて答えた。

「そりゃあ、大層なことで……それじゃあ、順番にこの受付用の用紙に名前を書いていってくださいな。その武器とかは預かりますんで、帰る時にまた寄ってくれりゃあ良いですよ」

と、男が答えると、騎士はさらに激昂する。

「貴様、私の話を全く聞いておらんではないか!?　もう容赦ならん！　叩き斬ってくれる！」

怒鳴り、剣を抜く騎士。それには流石のロックスも焦りの色を見せる。

「ちょ、ちょっと待て……！」

声をあげながら走る。しかし、騎士は余程気が短いのか、すぐさま剣の刃先を受付の男に向けた。

「さっさと通せ、この老いぼれ！」

騎士が怒鳴った瞬間、初老の男が片手を机の上に置き、口を開いた。

「……石の檻（ロックジェイル）」

男が一小節の詠唱の後に魔術名を唱えると、あっという間に受付の前の地面から石の槍が無数に突き出してきた。地鳴りを響かせるほどの勢いで突き出た石の槍は、生き物のように騎士達を取り囲み、最終的には四角い檻となって固まった。

その間、僅かに一、二秒程度である。

これには救援に駆け付けていたはずのロックスも唖然として足を止めた。

「な、何が起きた……!?」

「どういうことだ!?」

「貴様、出さんか！」

急に投獄された状態になった騎士達が怒鳴り散らす中、男は片手を振って笑う。

「ちゃーんと決まり事を守って受付してくれりゃあ出してやるさね。ほれ、全員ここに名前と出身国を書いてくんな」

こんな状況でも受付の担当者らしく職務を果たそうとする男の姿に、歴戦の猛者らしき騎士達も何も言えずに口を噤んだ。

「……分かった。よこせ」

「おぉ、この続きから書いておくれ」

男はそう言って檻の隙間から受付の用紙を差し出した。騎士はひったくる様に受け取ると、黙って皆の名前を書きだしたのだった。

「これで良かろう!?」

騎士は怒声を発しつつ、紙を男に渡す。それを丁寧に受け取ってから、男は紙に記入された内容を確認した。

「ふむふむ……人数も良さそうかねぇ。よし、そんじゃ武器もこっちにね」

男はそう言って笑うと、檻の外を指さした。騎士達は無言でそれに従い、刀剣類を檻の外へ置く。それらを確認してから、受付の男は椅子に座りなおして頷いた。

「まぁまぁ、良かろうか」

男がそう口にした途端、石の檻は細かい砂となって崩れて消える。きらきらと光を反射させて舞う細かな砂の中、騎士達はようやく自由になって誰ともなくホッと息を吐く。受付の男はその様子を笑いながら眺めた。

「ほれ、中に入りな。次の人がさっきから待っとるからな」

そう言われて騎士が顔を上げたが、周囲にいる多くの観衆が自分達を見ていることに気が付き、何も言えずに舌打ちをした。

「……早く行くぞ」

「えぇい、そこをどけ！」

騎士達の奥でホスと呼ばれた貴族風の男が低い声でそう告げると、騎士達は慌てて民衆を怒鳴りつけて動き出す。わらわらと横柄な態度で学院内へ入ってきたマッカイ侯爵家の騎士達に、ロックスは苛立たしげに一瞥を送る。

ホスがロックスの視線に気が付いて顔を上げるが、周囲の注目を浴びている為かすぐに視線を逸らして横を通り過ぎて行った。それを見送っていると、フェルターとコートもロックスの方へ歩いて来る。

「……よく殴らなかったな」

「てっきり摑みかかるかと思っていました」

フェルターとコートが近づいて早々にそんなことを口にする。それにロックスは目じりを釣り上げて怒った。

「俺をなんだと思ってやがる」

ロックスが文句を言うと、フェルターとコートは似たような顔でロックスを見る。

「……短気で暴力的な男だ」

「力で解決する人だと思っていましたが」

二人が一言でロックスの性格を表すと、ロックスは地面を蹴って怒鳴る。

「良い度胸だ、てめぇら！　だいたい、お前に暴力的だなんて言われたくねぇぞ、フェルター!?」

「……ふん」

ロックスの指摘にフェルターは鼻を鳴らしてそっぽを向いた。それを横目に、コートは受付の方へと一人で歩いていく。

「あの、大丈夫ですか？」

コートが声を掛けると、受付の男は「ほ？」と間の抜けた声をあげて顔を上げた。コートに気が付くと、片手を振って笑う。

「おお、学生さん。ぜーんぜん問題ないよ。あんな大声上げるだけの騎士なんざ怖くもなんとも無いさね」

なんでもないことのように男がそう答えると、コートは感嘆したように驚きの声をあげた。

「……お見逸れしました。もしかして、以前は教員をされていたのですか？」

コートが尋ねると、男は笑って頷く。

「おうともさ。何を隠そう初代上級教員だからな。引退して気ままに暮らそうと思っておったら、学長からまだまだ学院にいて欲しいって頼まれてな。教員とかはもう面倒だから、受付とか雑用みたいなんなら良いって答えたら、本当に受付で残ることになっちまってなぁ」

そう言って苦笑する男に、コートが目を丸くする。

「上級教員……確かに、先ほどの魔術は下手をしたらフォア先生よりも……」

驚きつつ納得するコート。その時、新たな来訪者が受付を訪ねてきた。

「おお、お客さんが来た。そんじゃ、学生さん。またな」

「あ、ああ、はい。お邪魔しました」

そう言ってコートが一礼してロックス達の元へ戻る。一方、受付では新たに学院を訪ねてきた背の高いローブの男がペンを片手に記入していた。白いローブにはメイプルリーフ聖皇国の紋章が描かれている。ローブを外すと、ぼさぼさの薄緑色の髪が現れ風に揺れた。男は魔法陣の描かれた灰色の手袋を着用した手で受付を済ませる。

受付の男はそれを確認して読み上げた。

「……クラウン・ウィンザーさん、ね。メイプルリーフの宮廷魔術師？　それはそれは……学院には何の用で？」

そう尋ねると、クラウンと呼ばれた男はぼさぼさの髪を片手で掻きながら苦笑する。そして、しゃべり始めた。

「いやぁ……もっと早く来たかったんだよ、本当は。しかし、嫌がらせみたいに上司が仕事を用意するもんだから、全然来れなくて！　そうこうしてたら、今度はエルフが教員になったと聞いて、これはもう是が非でもフィディック学院に行くぞと……！　書置きを残してすぐさまメイプルリーフを出てきた次第！」

「お、おお。そりゃあ、中々大変だったみたいだねぇ……ほいよ、フィディック学院へようこそ」

怒濤の勢いで来訪理由を語るクラウンに、受付の男は若干引きながらも許可を出したのだった。

翌日、学院は普段よりも賑やかになっていた。通常ならどんなに大騒ぎになろうと学院の敷地外にまで影響を及ぼすことは無い。しかし、その日は違った。

「これが、新たな火の魔術……螺旋炎流（ファイアツイスター）！」

中庭に響き渡る男の声。同時に、一番広い中央の中庭に高さ数百メートルにもおよぶ巨大な炎の竜巻が巻き起こる。風を唸らせて空に届くほどの勢いで燃え上がる炎。それを見上げて、エルフの王族でもあるラングスが拍手を送った。

「おお、これは凄い。威力はそこそこだが、私の扱う炎の魔術よりも発動が早いな。なるほど、こういったやり方もあるのか」

ラングスが素直に新しい魔術を優れていると評価した。それに、クラウンは目を輝かせて何度も頷く。

「そうでしょう!?　これは以前、我が国でアオイが口伝してくれた魔術の概念、考え方を基に考案したものです！　この魔術の素晴らしいところは、きちんと仕組みを理解して覚えれば火という存在を理解出来る点にあります！　まず、最初の一小節で火の元を生じさせ、次の第二小節で風を送り込む……そして、更に二つの小節で風を得て強く燃え上がる炎を竜巻へと昇華させる！　この考え方のなんと素晴らしいことか！　これまで我々は既存の魔術の詠唱を組み合わせたり分解したりと、手探りで研究を続けてきた！　しかし、今考えると、それがどれだけ非効率的であったことか……言うなれば、それは真っ暗闇を明かりも無く進むようなもの。目的地は決めていても、距離も方角も分からない状態では辿り着きようがない。しかし、アオイの魔術は違う！　どうすれば火を生むことが出来るのか、強くすることが出来るのか……水を凍らせるにはどうすれば良いのか、見えない風をどう制御したら竜巻になるのか……これら全てに答えを持つアオイの魔術の考え方、概念！　これがあれば新たな魔術などいくらでも作れる！　それも、きちんと定めた目標に沿った魔術を作ることが出来るのだ！」

ラングスの言葉を受けて、クラウンは一気にテンションを上げて披露した魔術の素晴らしさを語りだした。その怒濤の勢いに偶然居合わせた教師や生徒は思いきり引いていたのだが、ラングスはしっかりと内容を聞いて頷く。

「なるほど。それはエルフの精霊魔術でも言えることだな。数万年に及ぶ魔術の研究により、エルフの魔術言語は深い境地に達している。しかし、やっていることは既存の魔術の追究ばかりだ。新たな魔術を開発する者もいるにはいるが、殆ど成果はない」

ラングスがそう答えると、我が意を得たりとクラウンが両手を広げて口を開いた。

「そう！　つまり、我々は魔術の深淵へ辿りつく為の道しるべを得たのだ！　これは決して大袈裟なことではない！」

クラウンが大声でそう宣言すると、ラングスが「おお！」と感嘆の声をあげる。盛り上がる二人を遠目に見ていたストラスは、なんとも言えない表情で口を開く。

「……騒がしいと思ってきてみたら、最悪の二人が揃ってしまっていたか」

誰にともなくストラスがそう呟くと、遠くからエライザが小走りに近づいてきた。そして、ストラスの隣に来てラングスとクラウンを指差す。

「ス、ストラスさん！　見ましたか、今の!?　一瞬、アオイさんが帰ってきたのかと思いました！　ほら、アオイさんはよく学院の中なのに凄い魔術を使うから！」

と、エライザはアオイを批判するような内容を口にする。しかし、明らかに悪気は無い為、ストラスは苦笑しながら頷いた。

「ああ、見た。まったく、人騒がせな奴らだ」

エライザの言葉を肯定すると、ストラスは中庭で騒ぐ二人の元へと歩いていき、声を掛けた。

「……皆が驚いている。学院の中で大規模な魔術を使うのは出来るだけ控えてもらえるか」

そう言うと、二人はハッとした顔になってストラスを振り返る。

「おお、そういえばここは学院の中だったたな」

「ん？　君は、確かアオイと一緒にメイプルリーフに来た教員ではなかったか」

ラングスとクラウンはほぼ同時に口を開き、それぞれバラバラなことを口にした。

「ストラス・クライド。風の魔術を主に担当している」

ストラスはクラウンの質問の方にだけ答えた。すると、クラウンは笑顔で両手を合わせて軽快な音を立てる。

「おお、そうだった！　いや、失礼！　確か、ストラス殿もかなりの魔術の腕前だったはず！　良かったら是非、我々と一緒に魔術談義に……」

「いや、俺は……」

「まぁ、そう言わずに！　ストラス殿の風の魔術もアオイの考え方を取り入れたら大きく変わると思うが、どうかな？」

「まぁ、それは確かに。実際に、オリジナル魔術を一つ作ることが出来た」

「おぉ！　それはどんな魔術か教えてもらえるだろうか？　出来たら実演も込みでお願いする！」

と、気が付けば注意に行ったはずのストラスまでクラウンのペースに巻き込まれてしまった。

その様子を遠目に見て、エライザは乾いた笑い声をあげる。

「……アオイさんがいないと止められそうにありませんね、アレは」

◇

「……ロックス。あいつは追い出さなくて良いのか？」

フェルターがぼそりと呟く。すると、ロックスは心底嫌そうな顔をして窓の外を見た。視線の先には学院の中庭があり、そこでは周囲に人が集まってきているにもかかわらず大騒ぎしている三人の姿がある。

いや、騒いでいるのは一人だけなのだが、遠巻きに見ている観衆からすれば同じ一派にしか見えないだろう。

その様子を呆れた目で見ながら、片手を左右に振る。

「俺は関わりになりたくないぞ。気になるならお前が行けよ、フェルター」

ロックスがそう言うと、フェルターは鼻を鳴らして肩を竦めた。

「……俺はそもそも貴族がアオイを利用して力を得ようとしていることが腹立たしいだけだ。男なら、自分の力で強くなるべきだろう」

フェルターが怒気を込めた声でそう呟き、ロックスが目を僅かに見開く。

「……そうか。まぁ、それもお前らしいな」

答えつつ、ロックスは中庭に視線を戻した。

「ここに居ましたか」

と、そこへコートが現れて声を掛けてきた。その声にロックスとフェルターが振り返ると、そこにはコートだけでなく、アイル とリズ、ベルの三人組とシェンリーまで一緒だった。それを横目に

6
異世界転移して教師になったが、
魔女と恐れられている件
～教師一筋なので
恋愛なんかしている
暇はありません～
井上みつる
Illustration 鈴ノ
初回版限定
封入
購入者特典
特別書き下ろし。
誰の言葉？
※『異世界転移して教師になったが、魔女と恐れられている件⑥
～教師一筋なので恋愛なんかしている暇はありません～』をお
読みになったあとにご覧ください。
EARTH STAR
LUNA

誰の言葉？

木漏れ日揺れる気持ちの良い午後。柔らかな陽の光が学院の中庭にも降り注いでいた。木々の間に設置されたベンチに座っていた私は、穏やかな気持ちになってゆったりとした時間を楽しんでいた。

そこへ、何故か荒んだ様子のロックスと面倒くさそうに溜め息を吐くフェルターが歩いてくる。

「……全く、最近のフィディック学院はどうかしてる」

「……そうか」

ロックスの愚痴か何かに、フェルターが渋々といった様子で返事をしている。どうやら、随分と長い時間愚痴を言い続けているのだろう。ロックスの怒り冷めやらぬ感じとフェルターの諦観を滲ませた態度がそう理解させた。

二人はこちらまで歩いて来ると、ベンチに座る私に気が付く。

「あ、アオイ!?」

ロックスが驚いて上半身を仰け反らせる姿を横目に、フェルターは呆れたような顔で口を開いた。

「気が付いていなかったのか」

「気が付いていたなら教えろ!?」

と、二人は漫才のようなノリで会話をする。男の子同士のノリといった雰囲気で楽しそうだ。

「楽しそうですね」

素直に思ったことを口にしたのだが、二人は嫌そうに顔を顰める。

「別に楽しいわけじゃない」

「……その通りだ」

二人は仲良くそう答えた。それに微笑みを浮かべて眺めていると、その奥から今度はコートとアイル、リズ、ベルの三人娘が歩いてきた。

「アオイ先生！」

「何してるんですかー？」

アイルとベルが嬉しそうに走って来る。その様子はまるで人懐っこい子犬のようで可愛らしい。その一方、コートとリズは落ち着いた雰囲気で苦笑しながら近づいてくる。

「もう少ししたら講義なので、ちょっと休憩がてらゆっくりしていました」

そう答えると、コートが一番後ろから声を掛けて来た。

「アオイ先生。今日は午後の講義一つだけだったかと思いましたが、午前中から学院で何かされていたのですか？」

そんな質問に、いつになくのんびりした気分で頷く。

「はい。今日はあまり見たことのない上級教員の方の講義があったので、見学をさせていただきました。特級の土の魔術はあまり見る機会がなかったので面白かったですね」

そう言うと、アイルが「えー!?」と大きな声をあげた。

「ダラボア先生の土の魔術講義ですか!?　すごい人気だから、まだ一回も受けれてないんですよ！」

アイルがそう言うと、ベルが小さく頷く。

「土の魔術、中々教える教員がいないですからね。特に、特級となると全然……」

そんな言葉に、若干申し訳ない気持ちになりながら同意する。

「確かに、三十人しか受講できないと聞いていますので、中々受講できなさそうですね。私は少しずるいかもしれませんが、教員として一番後ろから講義を見学させていただきました。寡黙な先生でしたが、講義は不思議と分かりやすくて面白かったですね」

感想を口にすると、アイルが口を尖らせる。

「えー!?　良いなーっ！」

元気いっぱいのアイルの声に思わず微笑んでし

まう。

「あれでしたら、ダラボア先生に講義受講の予約が出来ないか確認をしてみますよ」

「本当ですか？　やったーっ！」

まだ受講が確定したわけではないというのに、アイルは飛び上がって喜ぶ。その可愛らしい態度を眺めていると、コートが困ったように笑った。

「こらこら、アイル。アオイ先生を困らせないようにね」

優しい兄の言葉に、アイルは得意げに笑う。

「えっへっへー。私がお願いしたわけじゃなくて、アオイ先生から言ってくれたんだもん」

と、アイルも甘えたような我が儘を言い、コートは苦笑しながらこちらに頭を下げてきた。

「すみません、妹が……」

「いえいえ、私は構いませんよ」

仲の良い兄妹だ。そう思っていると、コートがふとこちらを見て口を開いた。

「そういえば、最近は学院内が慌ただしいですが、大丈夫ですか？」

そう言われて、思わず苦笑してしまう。

「ああ、最近は変な人がよく来ますね」

軽く答えると、突然ロックスが怒り出した。

「変な人で済ませて良い問題ではない。そもそも、学院内のルールを逸脱する者が多すぎるのだ。最近はグレン学長も他国の貴族相手に意見できるようになったが、もう少し厳しい罰が無ければ抑止には……なんだ、貴様ら」

ロックスが興奮した様子でペラペラと語っていると、皆が目を丸くして見つめていた。それに気が付き、ロックスが眉間に皺を寄せて睨み返す。

すると、フェルターが呆れた様子で口を開いた。

「……どこの誰がそんなことを言っているのかと思ってな。一応、確認しただけだ」

フェルターがそう呟くと、途端にコート達が噴き出し、声をあげて笑い出した。ロックスはようやく意味が分かったらしく、顔を真っ赤にしてそっぽを向いたのだった。

見て、ロックスは鼻を鳴らす。

「女連れでどこへ行く気だ、コート」

そう言われて、アイルが一瞬嫌そうな顔をしたが、コートが苦笑しつつ先に口を開いた。

「いや、アオイ先生が中々帰ってこないので、いつ頃帰る予定かストラス先生に聞こうと思いまして」

コートが答えると、ロックスは腕を組んで唸る。

「……カーヴァン王国か。グレン学長も一緒だから大丈夫だとは思うが……」

ロックスがそう呟くと、コートが腰に手を当てて同意する。

「そうですね。それでも、中々学院に帰る日は遅くなりそうですが……」

二人がそんな会話をしていると、コートの後ろに立つアイル達が首を傾げつつ疑問を口にした。

「カーヴァン王国へ行ったことに、何か問題があるの？」

アイルが代表してそう尋ねると、コートが自らの口に人差し指を当てた。

「……あまり大きな声では言えないけどね。カーヴァン王国のレイド王は少し難しい人物なんだよ。謁見を求める相手が何か企んでいないか確認する為に、時には半年以上もの期間を掛けて来訪者の素性を調査したり、相手の人となりを調べたりする。結果、相手が自身に害を成す人物でないと明確になった時、初めて謁見の許可を出すことが出来るんだ」

コートがそう告げると、アイル達は顔を見合わせて頭をひねる。

「それって、つまり臆病ってこと？」

アイルがそう口にすると、リズとベルが何度か頷いた。

「謁見を求める相手次第では、とても失礼なことではありませんか？」

「いや、流石に王族とかならそんなに待たせることはないんじゃない？」

そんな会話をしている二人を見て、シェンリーが遠慮がちに口を開いた。

「……その、グレン学長は侯爵ですから、すぐに謁見の許可が下りるんじゃ……」

シェンリーがそう言うと、コートとロックスが揃って振り向く。

「そう甘くない」

「うん。都合の悪いことに、つい最近そのレイド王のご子息をフィディック学院から追い出すことになっちゃったからね」

ロックスが仏頂面で、コートが苦笑しながら答える。それに、フェルターが腕を組んだまま鼻から息を吐いた。

「……下らん。臆病な小物が王を名乗るなど、笑えん冗談だ」

低い声でそう呟くフェルターに、コートが乾いた笑い声をあげた。

「それは流石に不敬であると言われてもおかしくない発言ですよ。慎重で家族想いな人柄と言い換えておきましょう」

コートがそう告げると、ロックスは思わずといった様子で噴き出した。

「ふっ！　はっははは！　本当に口が上手い奴だな！　それで、その慎重で家族想いなレイド陛下に謁見許可を出させる方法はないのか？　言っておくが、ヴァーテッド王国の力は今回は使えないぞ」

「ええ、分かってますよ。フィディック学院のことでヴァーテッド王国が出ると、流石に出しゃばり過ぎだと批判されるでしょうね。なにせ、六大国で共同出資して設立した学院なのに、場所はヴァーテッド王国の領土内。さらに、在籍する教員と生徒もヴァーテッド王国の者が多く、学長はヴァーテッド王国の侯爵……やはり、他の五大国から見れば私物化されていると思われても仕方がない部分があります」

コートの指摘に、ロックスは何も言わずに鼻を鳴らすだけに留めた。事実、フィディック学院が領土内にあることで得る利益やメリットも多いのだろう。それを察したのか、コートは話を逸らすように自らの胸に掌を当てた。

「今回の件、コート・ハイランドも動けそうにありません。残念ながら、カーヴァン王国とはあまり仲良く出来ているとは言えません。そんな状態で下手な口出しは……」

「まぁ、そうだろうな」

ロックスはコートの言葉に頷くと、嫌そうな表情で深い溜め息を吐いた。

「……もし口を出せるとしたら、カーヴァン王国出身の、それも王族並みの奴くらいだが、学院内ではバレルだけか？」

「……バレル・ブラックは公爵家だ。あまり良い手段とは言えん」

フェルターがそう呟き、ロックスとコートは揃って頷く。

「ふむ」

「ブラック家は、王弟の血筋でしたね。確かに、難しいかもしれません」

三人のそんな会話に、シェンリーが不安そうに眉根を寄せた。

「な、何故でしょう？　家族や親戚みたいな関係なら、話しやすいのではないでしょうか？」

素朴な疑問があがり、アイル達が困ったような顔で首を左右に振る。

「いやぁー、むしろ同じ血が流れてることの方が問題というか……」

「そういう意味ではコート・ハイランド連邦国は単純で良いですね」

「え？　でも、コート・ハイランドも元王族の人が議員になってるし、その家ごとでは同じ問題があるかもよ？」

アイル達がシェンリーの疑問を話題のネタにして盛り上がり始める。その様子を面倒臭そうに眺めて、ロックスがシェンリーに振り向いて答えた。

「……面倒なことに、同じ血を分けた王族ってのは敵にも成り得るんだ。中には上手いことやって王位継承権の順位を繰り上げようって輩もいる。まぁ、失脚させてやろうみたいなのんびりした奴ばかりなら良いが、基本的には暗殺が確実だからな。ブラック家としては王に疑念を抱かせるような行動はしたくないだろうさ」

ロックスがそう告げて、シェンリーがおっかなびっくり相槌を打つ。

「そ、そうなんですね」

シェンリーがそれだけ口にして黙ると、一瞬、場に沈黙が広がった。

その様子を不思議に思ったのか、ロックスは周りの顔を見る。

「……なんだ？」

不機嫌そうに尋ねると、フェルターが鼻を鳴らした。

「……お前、丸くなったな」

「はぁ？」

フェルターの言葉に何を言ってるんだといった顔で眉尻を上げる。虚をつかれた表情をするロックスに、コートが小さく笑った。

「私も変わったと思いますよ。もちろん、良い方向に」

コートの言葉にどう思われているのか理解したのか、ロックスは顰めっ面で舌打ちをしたのだった。

第六章 ― レイド王との謁見まで

待つこと更に二週間。

新しいメイドが補充されて優雅な生活は続いているが、肝心のレイド王との謁見については未だに音沙汰無い。

「……いつになったら謁見できるのでしょう」

溜め息交じりにそう呟くと、食器の片付けをしていた執事がこちらを振り向き、申し訳なさそうに一礼した。

「お待たせしてしまい、大変申し訳ありません。王城へはグレン侯爵がお待ちである旨を伝えておりますが、どうにも……」

「いえ、執事さんのせいではありませんので……こちらこそ、余計な気を遣わせてしまいました」

お互い、低姿勢で謝罪し合う。すると、反対側に座るグレンが口元を拭きながら笑った。

「ほっほっほ……まぁ、焦っても仕方ないからのう。ゆったり待つとしようじゃないか。のう、アオイ君？」

ご機嫌な様子でそう口にしたグレンだが、その魂胆はこの贅沢な待遇を出来るだけ継続したいという一心だろう。僅かな間に体重が増えたところを見れば一目瞭然だ。

途中からもう安心と思い始めたのか、グレンはどんどん警戒心を解いていき、みるみる間に血色が良くなっていった。

食事はきちんと栄養バランスも考えられているのだろう。最高のベッドでゆっくり睡眠が取れて、湯浴みでは高級スパ並みの扱いを受ける。そして、食事はいつも美味しくてグレンの我儘にも対応してくれるのだ。心身共に健康的になるのはもちろんだが、問題は自堕落な習慣が付きそうな点だ。人によるとは思うが、場合によってはダメ人間製造施設となりかねない。

正に今ダメ人間と成りつつあるグレンの目を見て返事をした。

「グレン学長はゆったりし過ぎです」

そう言うと、グレンはスプーンを咥えた格好で動きを止め、雨に打たれた子犬のような目でこちらを見て来る。そうこうしていると、メイド達が片付けに入り、グレンのスプーンも取り上げられてしまった。

「当初の予定では精々一週間程度で話をまとめて帰るつもりでしたが、このままではいつになるか分かりません。良い方法はありませんか？」

執事が退室したタイミングを見計らい、グレンにそう尋ねる。しかし、グレンは眉をハの字にして首を左右に振った。

「……それが、色々と考えてみたんじゃが、わしも中々良案が思い浮かばなくてのう。せめて、お世話をしてくれておる執事やメイド達の為にも、楽しんでおるフリをしておるのじゃよ」

「……そうですか」

グレンの言葉に多少の疑問を感じながらも、一応頷いておく。全力で接待を楽しんでいる疑惑もあるが、歳上なので立てておいてあげよう。

そんなことを思いつつ、軽く挨拶をして食堂を出た。階段を上がって自室に戻ると、窓の外に青空が広がっているのが見えた。正午ということもあり、陽もかなり高い。

窓辺に近づいて外の景色でも見ようかと視線を向けると、こちらに向かってくる一団が目に入った。

豪華な真っ白の馬車だ。その周りには馬に乗った騎士十名ほどの姿もある。明らかに地位の高い人が馬車に乗っていると分かる光景だ。

何があったのかと思って眺めていると、その馬車がすぐ近くで停まり、騎士の一人が馬から下りて馬車の扉を開けた。

すると、馬車からどこかで見たような金髪の男が降りて来た。年齢は四十代後半といったところだろうか。小太りの男で、見事な金の刺繍が施された青い衣服に身を包んでいる。

「……ロレットさん？」

その男の顔を見て、ようやくその人物が誰か思い出せた。ロレット・ブラック。カーヴァン王国の公爵家当主だ。息子のバレル・ブラックはフィディック学院に通っており、私の講義に出席したこともある。

「もしかして、私達が此処にいると聞いて訪ねてくれたのでしょうか」

そんなことを呟きながら眺めていると、馬車からもう一人誰かが顔を出した。

今度は知らない男だった。細い、気の弱そうな男だ。特徴的な灰色の髪の中年の男は、申し訳なさそうにロレットに頭を下げつつ馬車から降りた。誰なのだろうか。

と、更に今度は女性らしき細身の人影が馬車から降りてきた。濃い緑色の髪の女性だ。その凛とした表情を見て、すぐに誰かピンとくる。教え子の一人、ディーン・ストーンの母親であるティス・ストーンだ。それでは、もう一人の気弱そうな男はディーンの父親なのかもしれない。そう思って見るとディーンに似ているような気もする。

それにしても、三人はどういう関係なのだろうか？

確か、ストーン家の爵位は男爵のはずだ。公爵であるブラック家とは明らかに立場が違う。

「……どちらにせよ、私達に用事があるのは確かでしょうね」

組み合わせには謎が残るが、ロレットとティスが揃ってきた以上、私かグレンに用事があるのは確かだ。そう判断して、部屋を後にした。

扉を開けて部屋から出てすぐ、階段の下から誰かが上がって来る足音が聞こえてくる。そちらに目を向けると、階段下から執事の顔が現れた。執事はこちらに気が付き、微笑みを浮かべながら近づいてくる。

「アオイ様。お客様がアオイ様、グレン様を訪ねていらっしゃいました。ご面会するお時間はありますでしょうか？」

と、執事は恭しくそう尋ねつつ、一礼をした。それに首を傾げながら、一階の玄関の方を指し示す。

「窓から見ていましたが、お客様というのはロレット公爵ではありませんか？　それでしたら、こちらから馬車まで出向いて挨拶しに行くべきでは？」

地位を気にするカーヴァン王国で、公爵家当主を出迎えるどころか私達の時間を気にすることに違和感を覚えてそう尋ねたのだが、執事は再度一礼して目を伏せた。

「我々はお客様を第一に考えるようにしております。この施設にお泊りになるお客様のご意向に沿うようにしておりますので、アオイ様は何も気になさる必要はありません」

執事にそう言われて、私は苦笑しつつ首を左右に振る。

「ありがとうございます。そこまで徹底しなくて大丈夫ですよ。すぐに会いますので、どこか場所を貸していただけますか？」

「承知いたしました。それでは一階の応接室をお使いください。広くはありませんが、いつでも使えるように準備はしておりますのでご安心ください」

執事にそう言われて、一階に移動して部屋に案内してもらう。どうやら食堂と反対側に応接室があったらしい。奥は男女別々の浴室となっているので、これで一階の全容が把握できた気がする。

「こちらでお待ちください」

「分かりました。ありがとうございます」

執事が扉を開けてくれたので、素直に感謝の言葉を告げて中に入った。

半ば予想していたが、応接室はまさに貴賓室とでも言うべき見事な部屋だった。単純なインテリアというだけでなく、広く間口をとった開放的な窓の採光が部屋の雰囲気を明るく品のあるものに変えている。窓の外に見える小さな中庭もよく手入れされていて良い印象を与えてくれた。

もちろん、室内のインテリアも豪華絢爛である。落ち着いた暗い色合いの木製テーブルや棚は厚みがあり、細かな装飾が品のある雰囲気を押し上げてくれている。そして、美しい文様が描かれたソファーと絨毯、カーテンが室内の豪華さを決定づけていた。

落ち着く木の香りを楽しみつつ、ソファーの背もたれを触って感触を確かめてみる。柔らかい布の感触を堪能していると、外から扉をノックする音が聞こえてきた。

「はい、どうぞ」

なんとなく偉い人にでもなった気分でそう答えると、静かに扉を開けて執事が頭を下げる。

「アオイ様。お客様をお連れしました」

「ありがとうございます」

勘違いしてはいけない。この建物の設備や待遇に自分の立場を間違えそうになるが、自分はただの教員なのだ。

そう自分を戒めて丁寧に返事をしておいた。

と、執事が扉の取っ手を持ったまま一歩後ろに下がると、ロレットが一番に入室してきた。普段もそうだが、今日はいつになく難しい顔をしている。そして、その少し後に続くようにティスと気弱そうな男の人が入室する。

「久しぶりだな、アオイ殿」

「お久しぶりです。ティスさんもご一緒のようですが、今日は何のご用ですか？」

そう尋ねると、ロレットは呆れたような顔をしてこちらを見た。

「……困っているかと思って訪ねてきてみたのだが、不要だったか」

どうやら、ロレットは私とグレンの手助けをしに来てくれたらしい。あまり親密な関係が築けているとは思っていなかった為、まったくの予想外である。

困惑してすぐに返事を出来ないでいると、今度はロレットの奥に立つティスが口を開いた。

「あ、あの、アオイ先生。お久しぶりです。ディーンがいつもお世話になっております」

「ティスさん。お久しぶりです」

ティスの挨拶に先に返答をした。ティスは普段ならもっとピシっとした性格だが、ロレットが近くにいる為いつもの調子が出ないらしい。少し遠慮がちな様子のティスを珍しいものを見るような気持で眺めて、次にティスの隣に立つ男を見た。すると、ティスがハッとした顔になって隣を手のひらで指し示すような仕草を見せる。

「あ、紹介が遅れてしまいました。こちらが私の夫であり、ディーンの父親であるコラム・ストーンです。一応、ストーン男爵家の当主でもあります」

ティスがそう口にすると、コラムと呼ばれた男が畏まった様子で頭を下げた。

「……初めまして、アオイ先生。コラム・ストーンと申します」

「初めまして。アオイ・コーノミナトと申します」

お互い初対面らしいぎこちなさで挨拶を交わした。それを確認してから、ティスが眉をハの字にして口を開く。

「その、差し出がましいことかと思いましたが、グレン学長とアオイ先生がこの街に来ていると聞き、少しでも何かお手伝いが出来ればと思い訪ねさせていただきました。情けないことにストーン家は大きな力を持っておらず、ちょうど同じ頃にフィディック学院から手紙が届いたブラック閣下に同席していただくことが出来ましたので、ご無理を言って此処までご一緒していただいたのです」

ティスが緊張した雰囲気でわたわたと経緯を話す。

「……手紙、ですか？　お二人とも学院から手紙が届いたのですか？」

気になった部分があったので聞き返すと、コラムが浅く頷いて口を開いた。

「はい……カーヴァン王国は定期的に五大国へ外交官を派遣しています。それはフィディック学院も対象となっています。その外交官に依頼して手紙のやり取りをしていたのです。その手紙が今朝届きまして……」

コラムがそう言ってティスを一瞥すると、ティスが頷いて私を見つめる。

「その手紙に、アオイ先生がカーヴァン王国へ向けて出発されたと……」

二人の言葉に、首を傾げつつ疑問を口にした。

「なるほど。しかし、その手紙だけでよくこの場所が分かりましたね」

尋ねると、代わりにロレットが腕を組んで答えた。

「まぁ、カーヴァン王国の貴族なら予測できることだからな……とりあえず、座って話をするとしようか」

ロレットが鼻を鳴らしてそう呟き、慌てて一歩下がる。

「失礼しました。どうぞ、皆さん」

そう言ってソファーの方へ案内して座るように促した。皆が大人しくそれに従ってソファーに座ると、それを合図にしたように再度扉が外からノックされた。

「ここで良いのかの？　おお、ロレット殿！　久しいのう」

「グレン侯爵。思っていたより元気そうですな」

軽く挨拶を交わして、グレンもソファーの方へ移動して腰を下ろした。ティスとコラムの方をちらりと見たので、フォローすることにする。

「ディーン君のご両親のティスさんとコラムさんです」

そう告げると、グレンは相好を崩して深く頷いた。

「おお、ディーン君の！　いや、今やフィディック学院の生徒達の中でも一番の雷の魔術の使い手になりつつあるからのう。ディーン君は将来がとても楽しみじゃな、お二方」

グレンが嬉しそうにそう言い、ティスはウッと涙ぐむ。文化祭での光景を思い出して感極まったのかもしれない。ぐっと涙をこらえるティスを横目に見て、コラムは微笑んだ。

「……ありがとうございます。まだ幼かった為、かなり悩みましたが……フィディック学院に入学させて良かったです」

お礼を言うコラムと涙をこらえるティスの姿に、部屋の中に少ししんみりとした空気が流れる。

すると、ロレットが軽く咳払いをして肩を竦めた。

「その話は本題が終わってからにしてもらおうか。わざわざ揃ってここに来たのはそのディーンから送られてきた手紙が原因だ。手紙によると、アオイ殿がジェムソン殿下の我が儘を指摘し、逆らうジェムソン殿下を護衛のアードベッグ諸共叩き伏せて、挙句にヴァーテッド王国から追放した、とあったようだが？」

ロレットのその説明に若干の違和感を感じて口を開こうとしたが、私が何か言う前にティスが慌てた様子で異議を申し立てた。

「ちょ、ちょっと待ってください。ディーンの手紙にはそんな過激なことは書いていませんでした。それに、手紙の主な内容はアオイ先生が殿下の機嫌を損ねてしまったかもしれないと心配しているといったものです」

ティスがフォローの言葉を発すると、ロレットは面倒くさそうに片手を振る。

「結局、言い方が違うだけで書いてある内容に違いは無い。問題は、どのような理由かは知らないが、アオイ殿がジェムソン殿下と宮廷魔術師のアードベッグを完膚なきまでに叩きのめし、更にはフィディック学院から追い出した、ということが事実かどうかだ」

ロレットがそう言って鋭い目をこちらに向けた。それを真っ直ぐに見返して、きちんと理由を説明する。

「……ジェムソンさんは、学院内で許可なく上級魔術を行使しました。また、それを止めようとした教員相手に攻撃の為の魔術を使用しています。同様にアードベッグさんもジェムソンさんを諫めるどころか、一緒になって魔術を使う始末。そのような暴挙は貴族でも王族でも許されません。他者が怪我をするかもしれないような危険な行為をしたこと。学院内で学院の決まりを守らなかったこと。これらは十分に罰せられるべきものでしょう」

きっぱりとそう告げると、ロレットは片手で自らの額を押さえた。

「……なるほど。まぁ、殿下ならやりかねんな。それで、今の言葉をそのままレイド陛下にも伝えるつもりか？」

「もちろんです。むしろ、王族ならば一般庶民よりも良識を持っておくべきでしょう。その辺りもきちんと陛下には伝えて……」

質問に答えている最中で、ロレットが溜め息と共に首を左右に振る。

「ああ、もういい。十分言いたいことは分かった……それで、グレン侯爵も殿下の処罰には同意した、と？」

グレンに話を振るロレット。それに引き攣った笑みを浮かべつつ、グレンは頷いた。

「うむ、その通りじゃ……ほんのすこーし後悔しておる。しかし、アオイ君の言い分は正しいんじゃから、わしが権力に屈して捻じ曲げるわけにはいかんじゃろう？」

グレンが乾いた笑い声をあげてそう言った。それに、ロレットは鼻を鳴らして眉根を寄せる。

「……グレン殿もすっかりアオイ殿の影響を受けているようだな」

「よ、良い意味かのう？」

「……教育者という意味なら……しかし、貴族としては、あまり上手い立ち回りとは言えないだろうな」

グレンの問いにロレットは肩を竦めてそう答える。グレンはそれに笑うだけで返事はしなかった。そのやり取りを横目に見て、思わず眉間に皺を寄せてしまう。

すると、ロレットが私の表情に気が付き、吹き出すように笑い出した。

「ふ、ははは……！　アオイ殿は考えていることが手に取るように分かるな。だが、普段貴族ばかり相手にしている私としては新鮮で面白い反応だ」

ロレットがそんな感想を口にすると、グレンが冷や汗を手のひらで拭いながら何度か頷いてみせた。

「うむうむ……そういう意味ではわしも同様かのう。そうじゃろ、ロレット殿？」

グレンがそう聞くが、ロレットは急に真顔になって視線を返す。

「グレン殿は侯爵でありフィディック学院の長でもある。アオイ殿とは立場が違うのだから、学長として学院を守ることも視野に入れて行動してもらいたいものだな」

「Oh……」

ロレットの厳しい指摘に、グレンは分かりやすく項垂れた。それに傍から見ていただけのティスとコラムの方が不安そうにしていた。

と、そこへ扉をノックする音が聞こえて来る。返事をすると外から扉が開かれた。

「失礼いたします。お飲み物をご用意いたしました」

「ありがとうございます」

開かれた扉からは執事が一番に顔を出し、後にメイド達が配膳台を押して入室してくる。メイド達は流れるような動きでテーブルに茶器の類を並べていくが、ロレットは執事の顔から視線を離さなかった。

「それでは、引き続きご歓談を」

執事はそれだけ言ってメイド達とともに部屋を出ていく。その後ろ姿を見送ってから、ロレットに向き直る。

「あの執事さんはお知り合いですか?」

そう尋ねると、ロレットはなんとも言えない顔で唸った。

「まぁ、それなりにな……いや、そんなことはどうでも良い。我々の耳にもフィディック学院での出来事が伝わってきたのだから、陛下の耳にもすぐに入ることだろう」

「陛下の耳に……それでは、謁見の許可も下りるでしょうか？」

ロレットの言葉に反射的に謁見の機会について尋ねる。もう随分と待っているのだから、何処の誰がカーヴァン王国に来ているのか察してくれても良いのではと思う。

しかし、ロレットはなんとも言えない顔で腕を組んだ。深い息を吐き、眉根を寄せる。

「……そうはならないだろうな。私も話を聞いてすぐに陛下との謁見が行われたんじゃないかと思って調べたんだが、どうも誰かが情報を遮っているようだった」

低いトーンで告げられたその言葉にロレットはティスの方を見る。

「調べた結果はどうだった？」

「は、はい！　通常でしたら、この建物に滞在することが決まった時点で王城に報告が入ります。その後、その人物の国籍や肩書き、地位が間違いないか確認をします。場合によってはその人物の行動、性格、実績などについても噂レベルで調査を行いますが、そういった状況だと確かにかなりの時間を要することもあります」

ティスがそう前置きすると、引き継ぐようにしてコラムが口を開いた。

「ただ、今回はグレン学長とアオイ先生のお二人なのでこれほど待たせることは無い筈なのです。そのことに違和感を持って確認に行ったのですが、どうも調査室はグレン学長とアオイ先生を騙る何者かである可能性について調査をしているようです」

コラムがそう話し、ロレットが溜め息を吐く。

「……まぁ、普通に考えてグレン学長みたいな有名な貴族の名を騙る者などいないが、偽者かもしれないと言われてしまえば、調査室は調査せざるを得ない。なにせ、陛下に謁見を申し出る他国の上級貴族が偽者なのだとしたら、狙いは陛下の暗殺以外に考え難いからな」

ロレットがそう口にすると、一瞬の沈黙が室内に満ちた。

厳しい顔をするロレットやティス達を見て、私は落ち着いて確認する。

「……つまり、誰かがわざとそういった情報を流して、私達の邪魔をしている、ということですね。そして、困ったことに調査室という機関はそれを無視することが出来ない、と」

「……もし届いた情報を大した調査もせずに誤報であると断じた場合、何かがあった時は全ての責任をとらされることになる。だから、グレン侯爵とアオイ殿の情報はフィディック学院の中だけじゃなく、他国での行動や言動なども調査される。それがどれだけ時間が掛かったとしても、だ」

ロレットのその言葉に、今まで黙って話を聞いていたグレンが困ったように口を開いた。

「それは、どうしたものかのう……慎重にならざるを得ないという気持ちは分かるのじゃが、我々はこの通り極めて平和的な学院の長と教員じゃ。何も心配することはないとロレット殿から言ってくれんかのう？」

グレンのそんなセリフに、ロレットは皮肉げな笑みを浮かべた。

「……誰が平和的な人間だと？　言っておくが私の目だって節穴じゃないし、独自の目と耳を持っている。グレン殿の過去の話は遠い昔だとしても、アオイ殿の噂はどれもとんでもないものばかりだ。それも、大国であっても無視できないような過激なものまで揃っているときた。悪いが、誰かの余計な情報が無くても多少慎重な王ならば、アオイ殿が訪ねてきたとあれば警戒しても仕方がないだろう」

と、ロレットは大変失礼なことを言う。

「いえ、私は教員としての正しいと思う道を邁進しています。何故、警戒されないといけないのでしょうか？」

「……あえて一番警戒すべき噂を例に出すとするならば、ヴァーテッド王国の特別自治領であるウィンターバレーを裏側から支配している、というものか」

「……支配はしておりません。知り合いがいるだけです」

「本当か？　上下関係が少しでも存在するなら実質支配していることと変わらないぞ」

「……それは、判断が難しいところがあるかもしれません」

少し濁して答えると、ロレットは呆れたような顔になった。

「本人がはっきりと違うと言えないような状況なら、他国が警戒するのは当たり前というものだ。違うか？」

「…………違いません」

ロレットの言葉にがっくりと項垂れて肩を落とす。

確かに、ロレットの言う通りだ。どんな噂が流れているのかは知らないが、先ほどのものに近い噂を耳にしているなら簡単に会おうなどと思ってくれるはずがない。

「……どうしましょう」

困り果ててそう呟くと、グレンが短く息を吸ってソファーから腰を上げて立ち上がった。

「よし、わしがレイド王を説得するとしよう。アオイ君のこれまでの色々は、全て善意や厚意によるものであり、悪意はなかったと説明するぞい。そうすれば、色々と起こしてしまった問題も違う見方で見てくれるようになると思うのじゃよ」

グレンが力強くそう宣言する。いつになく頼りになる学長の姿に内心感動していると、ロレットが短く息を吐いて笑った。

「は、ははは……そもそも、グレン侯爵は陛下に会えない状況だが、どうやって説得するつもりなのかね」

その言葉を聞き、グレンは静かにソファーに座りなおし、両手で自らの顔を覆い隠す。その格好のまま何も言わずに押し黙ってしまったグレンを横目に見つつ、私は代わりにロレットに質問をした。

「……それでは、もうどうしようもないということですか？　本当に無理なのであれば、申し訳ありませんが強引にレイド王に会いに行こうかと……」

そう告げると、ロレットだけでなく、ティスやコラムの表情も凍り付いてしまった。やはり、まずいだろうか。

「……ダメですか？　それなら、風の魔術で手紙を届けてみましょうか」

「それも、捉え方によってはいつでも暗殺できるぞって言ってるようなものだ。下手をしたら警戒心を最大にまで引き上げてしまうだけだろう」

ロレットの指摘に、視界が真っ暗になってしまったかのような錯覚を受けた。話せば分かってもらえると思って来たのに、まさか会うことも出来ないとは。

それどころか、今のロレットの話を聞く限り、会えないからと言って勝手に帰ってしまったら完全に不信感を抱かれてしまう気がする。

これは、もはやどうにもならないのだろうか。

そう思ったその時、ロレットが自らの胸を指さして口を開いた。

「……だから、俺が話をする機会を用意してやろう」

◇

カーヴァン王国の王であるレイド・ディスティラーズ・レイバーンは常に暗殺を警戒していた。

幼い頃より何度も暗殺されかけた経験から、極端に疑り深い性格となってしまったことが原因の一つだが、実際には十五歳辺りを超えてから暗殺されそうになるようなことは無かった。

だが、そのことをも心から信じることが出来ず、レイドは居城から出ることがなくなっていった。

また、国内外問わず全ての来訪者を調査する機関を設置し、常に外部の情報と内部の情報を収集、分析して見えない脅威に備えている。

　恐るべきことに、他国よりも遥かに大きな予算と人員を導入している為、カーヴァン王国の諜報を担当する機関は優れた情報収集能力を有していた。

　その為、グレンとアオイがカーヴァン王国の王都に到着した時から僅か一週間程度で、グレン達がヴァーテッド王国から王都までにある複数の主要都市のどれも経由せずに現れたと知れた。

　通常ではあり得ない状況に加えて、外からの情報によりグレン達が偽者の可能性があるとされ、調査室の緊張感が更に強まってしまうのは仕方がないことと言えた。

　その調査室から最新の報告書を受け取り、国防を担う最高責任者の男が慎重に情報を精査する。

　部屋は地下にでもあるのだろうか。窓もなく、照明はランプの明かりのみだ。部屋自体は広い為、部屋の隅が暗くなってしまっている。その部屋の中心に、大きな執務机があり、左右には天井まである大きな本棚が列を作って並んでいた。

　執務室の奥の椅子には一人の男が座っており、その机の前には軽装の鎧を着た男とローブを羽織った男が立っている。

「……フィディック学院よりグレン侯爵と教員のアオイが出たのは間違いない、か。しかし、時期を考えると早馬などよりも遥かに早い時間で着いたことになる。最高クラスの魔術師であるグレン侯爵と、それを凌ぐとされるアオイという魔術師ならば、そのようなことが十分に可能だろう」

　男がそう口にすると、部下らしき騎士と魔術師が眉根を寄せた。二人も調査室から送られた報告書には目を通しており、男の言葉の意味を理解している。

「閣下。早馬で馬を潰すつもりであっても一週間以内にここまで来ることは不可能です。それを、どうやって……」

「それだけじゃありません。グレン侯爵とアオイ殿が偽者かもしれないと情報をくれたのはジェムソン殿下です。これは、通常よりもきっちりと調査しなければなりませんぞ」

　二人が深刻な表情でそう言うと、男は腕を組んで唸った。しばらく目を閉じて考え込んでいたが、答えが出たのか、再び顔を上げて二人を見返す。

「……そうだな。もし、何かあれば大変なことだ。それでは、調査の方は継続とし、フィディック学院にも改めて調査員を派遣しろ。調査の時間が延びてしまう為、グレン侯爵とアオイの両名が不満を持たないように、より完璧な接待をしろと念を押しておけ」

　男がそう口にした時、男達がいる部屋の扉をノックする音が聞こえた。その音に振り返り、三人が視線を向けると、扉が外から開かれる。顔を出したのは鎧を着た若い男だった。

「……バーク閣下。お客様です」

「何？　この調査室の最奥にか？」

　若い男から受けた報告に、バークと呼ばれた男は眉根を寄せて唸る。調査室はその性質上、誰でも入れる場所にはない。さらに、本来であればバークの下まで直接情報が届くことはない。幾人か調査員が情報を精査、出所の確認などを行い、ようやくバークの耳に入るのが普通だ。

　だが、それらの流れを全て素通りして誰かが訪ねてきたという。それに、バーク達は顔を見合わせた。

「……ジェムソン殿下か？」

「いや、そんな話をしている時間は無い。早くお通ししなくては」

「確かにな……よし、通してくれ」

　僅かな間で話し合い、バークがすぐに若い男に声を掛けた。若い男は頷いて一旦扉を閉めて姿を消す。その後、二十秒ほど経ってから、再び扉がノックされた。

「……どうぞ、お入りを」

　バークがそう告げると、扉がゆっくりと開かれて、金髪の中年男性が顔を見せる。ロレットである。ロレットが静かに部屋の中へ入ってくると、三人は体ごと向き直って表情を引き締めた。

「邪魔をする。バーク伯爵、久しぶりだな」

　ロレットが簡単に挨拶すると、バークが深く頷き答える。

「はい、お久しぶりです。いつも忙しく諸国を回られているロレット卿が、こんな場所へ何の御用でしょうか」

　バークは少し慎重な様子を見せてそう尋ねた。それにロレットが苦笑しつつ、肩を竦めて口を開く。

「緊張しなくて良いぞ、伯爵。風の噂で卿らが困っていると聞いてな。良い情報を持ってきたのだ」

ロレットがそう言って執務机の方へ歩き出すと、鎧を着た男が慌てて椅子を準備する。それに片手を挙げて応え、ロレットは自然な動作で椅子に座った。ロレットは片手を手のひらを上にしてバークの方へ差し出し、鋭い目で口を開く。

「報告書を」

「あ、そ、それは……」

ロレットが報告書を要求すると、バークは戸惑いを隠せずに声をどもらせた。その様子を睨むように見つつ、ロレットが溜め息を吐く。

「心配する必要はない。そもそも、私は各国の要人とそれなりの関係性を築いているが、深入りしようとはしていないのだ。別にグレン侯爵やアオイ殿の肩を持つわけではない」

ロレットが怒気を滲ませてそう言うと、バークは一瞬の躊躇いはみせたものの、すぐに報告書をロレットへと差し出した。それを受け取って中身の確認に移り、すぐに片方の眉を上げる。十枚、二十枚といわず積み上げられた報告書の一枚一枚をじっくりと読みながら、ロレットが気になる点を言葉として発する。

「……出自不明。ヴァーテッド王国北部という噂はあるが、それも定かではない。また、魔術師としての系統も不明。実力は世界各国の宮廷魔術師と比べても遜色なく、詠唱技術や魔力の総量などにおいては他を圧倒するものと思われる。その力を認められ、フィディック学院では異例の上級教員として採用された。その後、驚異的な実力を示してメイプルリーフ聖皇国で癒しの魔術においても力を発揮、聖人と聖女に並ぶとディアジオ陛下より認められる。さらに、信じられないことに他種族と交流を控えているエルフの王国に赴き、入国を許されるどころか王族にもその実力を認められたとされている。その証拠に、エルフの王国は突如として他種族をエルフと同等に扱うようにお触れを出した。それは同じエルフの血が入ったハーフエルフですら差別してきたエルフからすると、驚くべき変化と言える。一方で、ヴァーテッド王国特別自治領であるウィンターバレーの裏で暗躍する無法の者達を束ね、陰から支配しているという噂もある。それらのこともあり、現在では学院の魔女や魔導の深淵に触れし者……ん？　災厄の悪魔？　ふ、はっはっはっは！　ついに悪魔とまで呼ばれ始めたか！」

ロレットは報告書を読んでいき、途中で吹き出すように笑いだした。何が面白いのかとバーク達は顔を見合わせる。

「その、ロレット卿……こちらの別途資料の方に記載されておりますが、悪魔というのはそのままの意味ではなく、詠唱を必要としないとされる悪魔の逸話に由来が……」

バークが何か不安に思ったのか、災厄の悪魔という名の由来を誤解されないようにロレットに説明しようとする。それに再び笑い、ロレットが口を開く。

「ふん、卿が名付けたわけでもあるまいに、不安に思うな。別に私はアオイ殿の味方というわけではない。それに、悪魔の逸話など私とて十分に理解している。悪魔とはこの世に魔術を授けた存在であり、エルフの原初の魔術よりも更に根源に近い魔術、魔導を扱う存在。詠唱を必要とする現代の魔術とは全く違い、指を動かすことだけで事象を引き起こすことが出来るとされている……神話の中の話であり、ただの子供だましな物語だと思っていたが、アオイ殿の魔術の力を知ればそれも嘘ではなかったのかもしれないと思うようになるな」

ロレットのその言葉に、バークは曖昧に頷いておく。

「は、はぁ……いや、まさにその通りです。アオイ、殿の、詠唱をせずに魔術を行使するという話からついた名とされています。ただ、それほどの二つ名が付く者ですが、それでも僅か数日程度でフィディック学院からこの王都まで来た、という事実が信じられないのです。調査室の総意としては、先日報告されたグレン侯爵とアオイ殿の偽者が王都に現れたという話の方が可能性は高いと判断しております。はっきり言って、カーヴァン王国からフィディック学院に行った者は他の国よりも少なく、これまで諸国に赴いたことの少ないグレン侯爵と出自さえ不明なアオイ殿になりますます事は容易であると思われますので……」

バークは調査室としての現在の調査、分析状況を簡単に説明した。それに騎士と魔術師の二人も深く頷く。

暫く、部屋に沈黙が降りた。ロレットはその間も報告書を読み進めていたが、やがて溜め息を吐いて持っていた報告書を机の上に置いた。

「……なるほど。流石は我が国の調査室だ。素晴らしい情報の収集、調査、分析だな。どれも真に迫っており、半端なものは何一つない。だが、最後の結論には抜けていることがある」

「ぬ、抜けていること、ですか？」

ロレットの台詞に、バークは目を瞬かせた。それに口の端を上げて見返し、ロレットが答える。

「何度も実際に会い、話をした私の証言だ……この王都に現れたグレン侯爵とアオイ殿は、私が本物であると証言しよう。その判断における責任は、全て私がとる」

ロレットが施設を来訪してから二日。まだ何も連絡が無く、私はもうそろそろ諦めて自力で王城へ訪ねていこうかと思い始めていた。だが、その話をする度にグレンから「いやいや、もう少しだけ待ってみようじゃないか」と諫められてしまう。
食事を終えて、グレンは昼間から軽い足取りで浴室へ向かい、執事やメイドが音もなく食器類を片していく様子を横目に見ながら、口の中で呟く。
「……夜中に内緒でレイド陛下の部屋に侵入したらダメでしょうか。いや、一応城門まで言って、直接用件を伝えに行く方が……」
強硬手段の方法について検討をしていると、食事の後片付けを終えた執事がこちらに歩いてきた。

「アオイ様。ロレット様がお見えです」

「ロレットさん？　それでは、ようやく謁見の話が……」

ロレットの名を聞いて、勢いよく立ち上がりながら答える。執事は私の問いに答えなかったが、その微笑みはどこか嬉しそうに見えた。

「グレン様はメイドに呼びに行かせますので」

「ありがとうございます。私は先に応接室に行っておきますので」

「はい、承知いたしました」

それだけのやり取りをしてから、足早に食堂を後にする。廊下へ出て、メイド達に軽く挨拶をしながら通り過ぎ、応接室へと向かった。

ドアをノックすると、中から声が聞こえて来る。

「失礼します」

そう言ってドアを開けて応接室の中に入ると、ロレットがソファーに深々と座ってこちらを見ていた。その後ろにはティスとコラムが立っている姿も見える。

「アオイ先生」

「アオイ先生」

私の姿を見て、ティスとコラムが笑顔になって名を呼んだ。

「ロレットさん、ティスさん、コラムさん。皆さん、お揃いですね」

そう言ってから挨拶をすると、ロレットが片手をあげて遮った。

「とりあえず、用件を済ませておこう」

ロレットがそう言うと、何か話しかけようとしていたティスが口を噤んで背筋を伸ばした。それを横目に、ロレットに対して口を開く。

「はい。お待ちしておりました」

そう答えると、ロレットは肩を竦めて応える。

「それは我々ではなく、王との謁見の話だろう？　まぁ、良い。とりあえず、陛下との謁見は決まった。だが、最終確認として、我が国の宮廷魔術師であるアードベッグと魔術比べをしてもらいたい、ということになったのだが」

「……それはつまり、フィディック学院でアードベッグさんの魔術を相殺したから、本物ならそれと同じことが出来るだろう、ということですか？」

聞き返すと、ロレットは不満そうに腕を組んで唸った。

「とりあえず、私の証言でグレン侯爵とアオイ殿が本物であるという話にはなったのだが、調査室としては王の血筋同士の情報で片方に偏ることは難しい、ということらしいな」

「……王の血筋同士？」

ロレットの言葉の中に気になる単語があった。それを復唱すると、ロレットは思わず顔を顰める。

「余計なことを言ったかもしれんが、それは気にするな。とりあえず、日時は明日の午後だ。明日の午後、そこの城壁の向こう側、街の中心にほど近い場所にある大広場で魔術を披露してもらう。問題はないな？」

「はい、それは構いません」

待ちに待った機会だ。ロレットの問いに即答で返事をした。それに不敵な笑みを浮かべて、ロレットが頷く。

「話はついたな。それじゃあ、後は任せるとしようか。グレン侯爵によろしく言っておいてくれ」

「ロレットさんは陛下との謁見に同席しないのですか？」

用件は済んだとロレットが帰ろうとした為、何となく気になって尋ねた。すると、ロレットは鼻を鳴らして面倒くさそうな顔を隠さずに首を左右に振る。

「……私は陛下とは少しそりが合わなくてな。下手に入るとややこしくなりそうだ。当日はストーン家に同行してもらって、グレン侯爵と合わせて四人で行くがよい」

「そうなんですか？　まぁ、こちらは構いませんが……あ、皆さんにはとてもお世話になってしまいました。この御恩はまた何かの際にお返ししたいと思います」

そう言って深々と一礼すると、ティス達が首を左右に振って苦笑した。

「い、いえ、全てはロレット閣下の御力ですから」

ティスがそう答えると、ロレットは片手を振って口を開く。

「そんな話はどうでもよい。とりあえず、アードベッグとの魔術比べに備えて準備をした方が良いんじゃないか？」

ロレットにそう言われて、確かに、と頷く。

「そうですね。ロレットさん、ありがとうございます。それでは、今日はグレン学長と魔術比べをして予行練習をしておこうと思います」

そう答えた直後、ドアをノックしてグレンが部屋へと入ってきた。グレンはしっかり浴室を堪能してきたのか、血色の良い顔色で微笑んだ。

「おお、ロレット殿。ディーン君のご両親も……これは良いお話を聞かせてもらえるのじゃろうか」

ほかほかと湯気を立てながらグレンが歩いて来ると、ロレットがにやりと含みの笑みを浮かべる。

「グレン侯爵。明日の魔術比べでアオイ殿がアードベッグと戦い、勝利したら謁見が実現することになりましたぞ」

「おお！　それは凄いのう！　まぁ、正直なことを言うと、もう少しここでゆっくりしても良かった気がするがのう」

と、ロレットの言葉にグレンは喜びつつも残念そうにした。

「それほどまでに気に入ってもらえたなら、執事やメイド達も喜ぶことだろう。ところで、明日のアードベッグとの魔術比べに備えて、アオイ殿がグレン侯爵と予行練習で対決したいそうだが……」

ロレットがそう言うと、グレンは笑顔のまま固まり、ぎぎぎぎと音が聞こえそうな動きでこちらに顔を向けた。

「よろしくお願いします」

そう言って一礼すると、グレンは「ヒェ」と変な声を発して動かなくなったのだった。

翌日、いつになく豪華な食事が食卓に並んだ。毎回フルコース料理のように多彩で手の込んだ品が並んでいたのだが、今回は更に繊細かつ豪勢な食事だった。最後のスープをゆっくりと飲んでいると、執事からそっと声を掛けられる。

「ご武運をお祈りしております」

執事からそう言われて、素直にお礼を述べた。

「ありがとうございます。精一杯頑張ろうと思います」

そう答えると、テーブルの奥から恨めしそうな声が響いてくる。

「……わしがあれだけボロボロにイジメられたんじゃもの。勝つに決まっておるわい」

ぶつぶつと聞こえてくる声に振り向くと、何故かゲッソリと頬がこけてしまったグレンがチビチビとスープを飲んでいた。スプーンを口に咥えてカチカチと音を立てる様子は残念ながら教育者には見えない。

「どうかしたんですか、グレン学長?」

尋ねると、グレンはビクリと肩を跳ねさせた。

「な、ななな、ナンデモナイゾイ」

そう答えて、グレンは素早く食事を済ませて立ち上がる。

「さ、さぁ……!　腹ごしらえも出来たし、そろそろ向かうとするかのう!　準備は万端じゃな!」

「え?　もうですか?　後三時間ほど余裕があるかと思いますが」

「か、会場の状態も分からないのじゃから、早めに行って色々と確認しておく方が良いじゃろう?」

「なるほど。では、すぐに着替えて参ります」

そんな会話をして、早速出かけることとなった。確かに、言うなれば場所はアウェー、敵地だ。しっかりと現場の状況を確認しておくことが重要かもしれない。

やはり、グレンは様々な経験をしているだけに良く気が付く。

急ぎで部屋に戻って服を着替え、改めて気を引き締めなおした。いつもより念入りに準備をして魔法陣入りの装飾品もきちんと選別して身に着ける。

数分で準備が完了し、忘れ物はないかと室内を確認した。すっかり使い慣れたベッドやソファー、テーブルを見て、何となく引っ越しをするような気持ちになる。

「……この部屋には随分とお世話になりました。帰る際にはお掃除をして帰りたいですね」

常にメイドに掃除されていて清潔な部屋だが、何となく最後は自分の手で掃除をしておきたいものである。

そう思って部屋を出て、一階に下りる。するとそこにはグレンの姿があった。

「お待たせいたしました」

「いやいや、わしも今来たところじゃよ」

グレンはのんびりした様子で返事をする。そこへ、執事やメイド達が集まってきた。

「グレン様、アオイ様」

執事が名を呼び、一礼する。それに合わせて、後ろに並ぶメイド達も一礼した。

「行ってらっしゃいませ」

「ありがとうございます。お陰でとても快適に過ごせました」

振り返り、頭を下げてお礼を言う。すると、執事やメイド達が穏やかに微笑んだ。

「……その言葉が聞けて何よりでした」

執事のその言葉に会釈をしつつ、先に行くグレンの後を追い、建物の外へと出る。随分と長い時間がかかったが、せっかちな性分の私が待つことができたのは間違いなく、執事達のお陰である。

感謝の気持ちを忘れてはならない。

第七章 ― 再戦

「おぉ、もう迎えが来ておったようじゃぞい」

先を歩くグレンにそう言われて顔を上げる。すると、通りの前に馬車が一台停まっていた。傍には徒歩の騎士も四人立っている。

「グレン侯爵閣下、アオイ様。お待ちしておりました」

正面に立つ一人が頭を下げてそう言った。その言葉を聞いてから、左右に立つ二人が馬車の扉を開けてこちらを見る。

「おお、お迎えで間違いなさそうじゃのう」

そう言って、グレンは笑いながら馬車に乗り込んだ。どうやら、あの施設での滞在の間にすっかり安心してしまったようだ。施設に泊まった初日に襲われそうになったことなど、まったく覚えていないようである。

お気楽なグレンの様子に微笑みつつ、私も馬車に乗った。

「よろしくお願いします」

そう言って馬車に乗り込むと、毛皮が敷かれた上品な馬車の内装に驚く。

「カーヴァン王国はお金持ちじゃのう」

グレンは嬉しそうに馬車の座席に座り、毛皮を指で撫でるように触ってそんなことを言った。座面と床に豪華な茶色の毛皮が敷かれており、壁や窓枠にも美しい装飾がされている。

ここまで豪勢の限りを尽くされると、流石に心配になってきた。いくら他国の貴族といえど、どうしてここまでするのか。グレンの喜び様を見る限りこれが普通というわけではなさそうだし、長い期間待たせているという自覚があるのだろうか。

それとも、何か罠にかけようとでも思っているのか。

「……今更ですね」

色々と深読みし過ぎてカーヴァン王国に来たばかりのグレンのようになってしまった。心配し過ぎだと自覚し、すぐに気持ちを切り替える。

「実際、カーヴァン王国とはどういう国なのでしょう？　街並みやそこに住む人々を見ると普通と変わらないと思いますが、やはり端々に特異な部分が感じられます」

馬車の扉が閉められたのを確認してから、カーヴァン王国に関して尋ねる。それにグレンは「ふむ」と呟きながら顎髭を指でつまむ。

「まぁ、特殊は特殊かもしれんなぁ。他の国はそれなりに獣人やドワーフなどが住んでおるが、カーヴァン王国には一切亜人種はおらん。ある意味、エルフの王国と真逆で人間を尊重し過ぎているのか。それとも、獣人やドワーフ、エルフらを信じることが出来なかったのか……その辺りはわしでも分からんのじゃよ」

グレンの返事を聞きながら、頷いて馬車の窓を開ける。外の景色を見ると、ちょうど王都の中心を囲む城壁の門を通るところだった。その城門の前では、幾人もの騎士達が並び、通る人々を厳重にチェックしている。

「……確かに、外からの出入りは王都の周りを囲む城壁と城門で管理しているはずなのに、この城壁でも厳しく一人一人確認しているのは、過剰だと思います。王都内を分つ壁は、その言葉通りに受け取れば王都内に住む人々であっても信じることが出来ないということでしょう」

そう呟きながら、城門でチェックに引っ掛かって通過することが出来なかった中年の男性を眺める。男性は重要な用事があったのか、城門を管理している衛兵に詰め寄り、必死に訴えている。だが、胸を片手で突き飛ばされて地面に倒れこんでしまった。

衛兵は倒れた男性に見向きもせず、そのまま列の次の人物を指差して声を掛ける。

「……人を信じられないというのは、寂しいものですね」

何となく、そんな言葉を口にしてしまった。すると、グレンが釣られるように外を見て口を開く。

「さてのう。考え方は人それぞれじゃよ……良くも悪くも」

何か違う視点から発されたようなグレンの台詞に、視線だけを向けた。

「見方を変えると違う、ということですか？」

聞き返すと、グレンは遠くを見つめたまま首を左右に振る。

「……いや、何か知っているわけではないぞい。ただ、どんなことも白か黒だけではないと思うんじゃ」

「なるほど……確かに、それだけ慎重である、という見方もありますからね」

グレンの言葉に、私は少しだけ色々と考える部分があった。

◇

城門を通過して暫くすると、広い石畳の広場に辿り着いた。広場の四方には見上げるような塔のオブジェが建っており、石造りの建物が壁のように囲んでいる。その広場はとても広く、まるで野球場のような形に思えた。菱形と扇を足したような形だ。こちら側が扇の開いた部分であり、奥に行けば行くほど細くなっている。

広場の周囲はぐるりと建物の前に人が立っており、更に中心には何人かの姿もある。見渡す限りの人がいるのに、殆ど声も聞こえない不思議な空間だった。馬車は広間の前で止まり、扉が外から開かれる。

「到着いたしました」

「どうぞ、こちらへ」

騎士二人が馬車の扉を左右から開いた状態で固定し、もう一人の騎士が扉の下に台を設置する。

「ありがとうございます」

そう言って、私は先に馬車から降りた。

「ご丁寧に……良い馬車じゃったぞい」

グレンもにこにこして馬車から降りてくるが、すぐに周囲の状況を見て固まった。

「……お、おお。思ったより人が集まっておるのう」

こちらに顔を寄せて、グレンがこそこそとそんなことを言ってくる。

「そうですね。とりあえず、中心で待っている人がいるので、そちらに行ってみましょう」

返事をしてから顔を上げて、広場の真ん中を見る。すると、グレンが頷いて前に出てきた。

「それでは、わしが先を歩こうかの。まさか何か仕掛けてくるとは思っておらんが、一応わしも侯爵位じゃからな。簡単に手出しは出来ないじゃろう」

そう言って、グレンが先を歩き出す。どうやら、場の空気に触れてカーヴァン王国に来た当初の緊張感を取り戻したらしい。

「よろしくお願いします」

何かするつもりなら宿泊施設や馬車の中で人目に触れないように行っただろうとは思うが、せっかくなのでグレンの厚意に甘えることにした。

「……なんで皆無言なんじゃろ。めっちゃ怖いぞい。敵地じゃ。完全に敵地じゃ……」

前から何かぶつぶつと声が聞こえてくるが、気のせいだろう。グレンは学長として頼もしい背中を見せてくれているのだ。

広場を進んでいくと、程なくして奥から声がかけられた。

「そこでお立ち止まりください」

「むむ」

静止を促す言葉に反応してグレンが足を止める。すると、広場の中央に立つ男達の内、一番右側の男が口を開いた。

「……この度は急な申し入れにもかかわらず、魔術試験を受諾していただき感謝いたします」

「試験？　魔術比べではなくて、かの？」

グレンが聞き返すと、話の腰を折られた男は少しやり辛そうに眉根を寄せる。

「……はい、魔術の力量を見る試験と伺っております。アオイ様はフィディック学院でも上位の上級教員であることは存じておりますので、担当官は宮廷魔術師のアードベッグが行わせていただきます。また、試験内容としては担当官が魔術の実演を行い、それと同等以上の魔術をアオイ様が行うことといたします。その際、不正防止の為グレン閣下はこちらの席でお待ちいただきます」

男はそう言うと、自らの隣に置かれた白い椅子を指示した。装飾の施された美しい椅子だが、なんとなく見世物にされているような気がする。いや、見世物なのは私だったか。

そんなことを思っていると、グレンはぎこちなく頷きながら答える。

「内容は承知したぞい。それでは、すぐに始めるのかの？」

「はい、申し訳ありませんが、グレン閣下はこちらへ」

グレンは相手の言葉に首肯を返し、一瞬こちらを見た。それに目で大丈夫だと伝える。

「……では、わしはどんと構えて見物しようかのう。ほっほっほ」

グレンは自らの髭を撫でながらそう呟くと、相手の方へ歩いて行った。グレンが椅子に座る様子を見てから、男は再度口を開く。

「それでは、魔術試験を始めます！　まずは試験担当官であるアードベッグ宮廷魔術師長！　前へ！」

一際大きく宣言された開始の合図に、名を呼ばれたアードベッグが険しい顔で前に出てくる。そういえば、アードベッグは宮廷魔術師の長だったか。

アードベッグは十歩、十五歩と前に出て止まり、顔を上げた。

「……約二ヶ月ぶりだろうか。久しぶりだな、アオイ殿」

「いえ、二ヶ月は経っていないかと……あ、お久しぶりです。ご無沙汰しておりました」

アードベッグの言葉を訂正しつつ挨拶を返す。すると、アードベッグの眉間に深い縦皺が刻まれた。

「相も変わらず人を舐めた女だ。だが、実力は確かに素晴らしい。どのような技を使ったかは知らぬが、フィディック学院からこの王都まで僅か数日で到着したと聞いたが、それは事実か？」

「もちろんです。私がこの場にいることが何よりの証拠でしょう」

「……確かに、偽者とは思えんな。その辺りの話は、また後で聞かせてもらおう」

そう呟き、アードベッグが詠唱を始める。急に詠唱が始まったことで、広場に集まっていた者達の間で一気に緊張感が広まった。

アードベッグの詠唱を聞きながら、ざわざわと高まる緊張感に触れて一瞬、懐かしい気持ちになる。

「……何を笑っている」

　不意に、詠唱を終えたアードベッグからそんなことを言われた。それに苦笑を返し、首を左右に振る。

「いえ、大したことではありません。お気になさらないでください」

　そう答えると、アードベッグは更に表情を険しいものへと変えた。

「余裕を見せおって……これを見てもその顔が出来るか？　炎虎咆哮（フレイムタン）……！」

　魔術名を口にして、魔術が行使される。アードベッグの足元を円を描くように炎が走り、螺旋を描いて空へと昇っていく。真っ赤に燃える炎は十分な迫力をもって空に集まり、形を成していった。

「お、おお……！」

「なんと巨大な……！」

　アードベッグの奥にいる男達も魔術師なのか、驚きの声をあげている。その間にも炎は見る見るうちに巨大に膨れ上がっていき、徐々に形が細部まで出来上がっていった。十秒ほどだろうか。完成した姿はまさに巨大な炎の虎と呼べるものとなった。十分な火の勢い、熱量、サイズだ。あの炎の虎が突撃するだけでも対象は焼き尽くされるだろう。ただ、詠唱を聞いている限り、かなり温度と制御に拘った魔術のようだったが、少し詠唱が長すぎる気がした。

「お見事です。この魔術は、虎が形成する炎を吐き出して対象へぶつけるものですね？」

そう尋ねると、アードベッグが口の端を上げる。

「その通りだ。この魔術、アオイ殿ならいかように防いでみせるか」

挑発的な物言いだ。アードベッグは暗にこれを防ぐことは出来ないだろうと言っている。しかし、現実には大きさがすごいだけで、エルフの王の火の魔術に遠く及ばない。あちらは岩も蒸発するような超高熱を維持していたのだ。

だが、それを告げてしまうとアードベッグの自尊心を傷つけてしまうかもしれない。そう思い、言葉を選ぶことにした。

「そうですね。私なら、やはり炎が苦手とする氷の壁で閉じ込めてしまいます。安易に水を選ぶと大量の水蒸気が発生しますから、簡単には融けないくらいの氷が良いですね」

そう答えると、アードベッグは目を点にして間の抜けた顔をした。そして、こらえきれないといった様子で笑い出す。

「ふ、はっはっは！　口だけは達者だな、小娘！　ならば、見せてみよ！　防げるといったその言葉、今更戻すことは出来ぬぞ!?」

アードベッグが怒鳴ると、空中に浮かぶ炎の虎が姿勢を低くして飛び掛かるような体勢になった。

それを見て、アードベッグの後方から男達が焦り、声を発する。

「ちょ、ちょっと待ってください！」

「アードベッグ卿！　それはまずい！」

「市民に被害が……！」

慌てて止めに入ろうとするが、もう遅い。アードベッグは怒りに駆られた様子で炎の虎をけしかけてきた。

「貴様が防げると豪語したのだ！　さぁ、防いでみせろ！」

アードベッグがそう口にした直後、虎の口がワニのように大きく開き、炎が噴き出した。それまではしっかりと虎の造形をしていたのに、急に化け物のようになってしまった。それになんとなく悲しい気持ちになりつつ、魔術名を口にする。

「氷の世界（アイスブランド）」

そう呟いた直後、魔力はその性質を変えて絶対零度の霧となる。正確には霧ではなく空気中の水分を凍り付かせていく魔力の帯だが、周りで見ている者達からはダイヤモンドダストのように見えていることだろう。

魔力は形を変えて炎の前に集まり、一気にその大きさを変えた。触れるもの全てを凍り付かせるような絶対零度の巨大な氷の壁だ。その壁は次々に左右に広がっていき、炎を取り囲む。離れていても空気を伝わって冷凍庫の中にいるような極寒の冷気を放っているが、その冷気も全て炎を弱めることに使う。

絶対零度はマイナス二百七十三度の超低温である。対して、五百度以上の高温の炎との接触。普通に数学として計算するなら、氷が融けて終わりそうだが、そういう簡単な問題ではない。

私の氷の魔術は氷を出現させるのではなく、絶対零度に到達する為に分子の動きを完全に停止させることを大前提としている。つまり、分子が活発に動くことでエネルギーを発している火の魔術には、ある意味で最適な対抗魔術となるのだ。

事実、アードベッグの出現させた炎の虎は瞬く間に凍り付いていき、氷の壁に囚われた氷像のようになってしまった。

その様子を、アードベッグは唖然とした様子で見守っている。

「……これで、防げたと思いますが」

そう声を掛けると、アードベッグの奥に立つ男達がハッとした顔になり、慌てて頷く。

「は、はい！　間違いありません！」

男の一人がそう宣言すると、一番右側に立つ男が困惑しつつも判定をしようとした。

「そ、それでは、魔術試験は合格ということで、アオイ様のご要望である陛下との謁見についても許可、で構いませんね」

言葉を発しないアードベッグの背中を何度か見ながら、男は試験を合格としてくれた。思ったよりあっさりと合格できたことにホッとしていると、アードベッグがゆっくりとこちらに目を向ける。

「……これは、我が魔術がアオイ殿の力に及ばなかったと認めざるを得ない……しかし、フィディック学院からこの王都まであり得ないほどの時間で到着したことについては、いまだ不明だ。それについて、どうやったのか答えてもらおう」

「移動手段ですか？　飛翔の魔術ですが……」

そう答えると、アードベッグは顔を引きつらせて唸る。

「……飛翔の魔術は各国が内々で研究をしておるが、わずかな時間飛ぶことが精いっぱいだと言われている。極秘だが、わが国でも飛翔の魔術は研究中で高さ、距離をどう伸ばすかという段階だ。とてもではないが、移動手段などに使えるような状況ではない」

アードベッグがこちらへの疑念を隠さずに各国の研究状況について口にする。つまり、各国でも手を焼いている研究なのに、本当にそんなことが出来るのか、ということだろう。

それならば、実演すれば一番話が早いに違いない。

そう思い、飛翔の魔術を行使した。身体を風が柔らかく包み込み、水に浮かぶような浮力を肌で感じる。そのままゆっくりと上昇すると、アードベッグのみならず奥でこちらを見ていた男達も目と口を真ん丸にして見上げていた。

それを見下ろしながら、グレンに声を掛ける。

「学長。学長もお手本をどうぞ」

そう告げると、グレンはとても嫌そうな顔で首を左右に振った。

「い、いや、わしはそんなお手本なぞ……」

そう答えると、グレンの近くに立つ魔術師達が勢いよく振り向く。

「ぐ、グレン侯爵もお使いになられるのですか？」

「ま、まさか、フィディック学院では他国よりも進んだ飛翔魔術の研究が……」

男達が驚愕の眼差しをグレンに向けて呟いた。その視線を受けて、出来ないとは言えない。観念したのか、グレンはおもむろに立ち上がり、飛翔の魔術を行使する。練習中ということもあり、まだまだ力の制御が甘いグレンは強い風を巻き起こしてから自らの体の周りに収束させていく。私よりも明らかに力強く空に浮かび上がったグレンを見て、広場を取り囲む人々は息を呑んだ。

「す、すごい……」

「あれが、フィディック学院の学長……」

どうやら、グレンの方が飛翔魔術が得意だと勘違いされてそうである。まぁ、その方がフィディック学院の評判が良くなりそうなので、あえて訂正する必要もないだろう。

「グレン学長、お上手です」

そう言って褒めるが、グレンは何とも言えない表情でこちらを見て来た。

「褒めていただいて光栄じゃが、こんなに目立つのは想定外じゃよ……試験を始める前にやり過ぎないように身振り手振りで伝えたじゃろ？」

「え？　しっかりフィディック学院の教員としての実力を見せろ、という意味では？」

「Oh……確かに、きちんと言葉にしなかったわしが悪いのう」

どうやら行き違いがあったらしい。グレンは空に浮かんだまま額を叩いて天を見上げた。

まぁ、実力を示しておいた方が色々言われなくて良いと思うが、グレンにはグレンの考えがあっ

たらしい。

「それはともかく、グレン学長も軽く飛んでみせてください」

そう言いつつ、私は広場の上空を軽くひらひらと飛んで見せた。グレンは溜め息を吐き、飛翔の魔術を続行する。

「わしはそんなに繊細に動けんぞい」

不平不満を呟きつつ、グレンが空を舞う。とはいえ、加速、減速、方向転換といった動作を一つずつ行っているので、動きは漫画に出てくる雷の絵のようにカクカクと飛んでいる。一方、私は細かな位置修正や角度の調整をしながら広場の上をくるくると回るようにして飛んでいた。

広場全体で驚きの声が上がるが、どうもグレンの方が歓声が多い気がする。急加速と急ブレーキを繰り返しながら空を飛ぶグレンの姿は、飛翔の魔術を使わない人からは複雑な動きに見えるのかもしれない。

まったく、面白いものである。

「お、おお……なんということだ」

「あれほど自由自在に空を……」

地上からアードベッグ達の声が聞こえてきて、グレンと私はそちらへ顔を向けた。どうやら飛翔の魔術を使えることは理解してもらえたようなので、一旦高さ五メートルほどまで降下する。

「……どうでしょう？　飛翔の魔術に関しては問題ありませんか？」

　そう尋ねると、アードベッグの後方に並ぶ男の一人が口を開く。

「も、もちろんです。しかし、もし良ければ飛翔の魔術について質問をさせていただきたいのですが……」

「はい？　もちろん、構いませんよ」

　急に質問をされて驚いたが、とりあえず魔術の水準を上げる一助になるのならと頷く。

「その、風の魔術で空に浮かんでいるのなら、そのように安定しないと思うのですが……」

「風の魔術を使うのは間違いありませんが、使い方が違うと思います。風で力尽くで浮かせるのではなく、自らを風の一部のように考えるのです」

「風の一部……」

　聞いた言葉を反芻する男。その様子を横目に見て、アードベッグが悔しそうに唸った。

「……ば、馬鹿な……これほどの魔術を……」

第八章 ── 謁見

紆余曲折あったが、ようやく謁見の許可が下りた。目の前には険しい顔で歩くアードベッグと魔術師の男達。そして、周囲には私達が乗る馬車を騎士達が囲んでいる。どうやら、許可が下りたからには要人扱いで送迎してもらえるらしい。カーヴァン王国はなんともややこしい国である。

「謁見の許可を得た。通してもらおう」

「はっ！」

王城に到着し、アードベッグが門番らしき騎士達に声を掛ける。騎士達は素早く門を開けにかかった。城門は見上げるほどの大きさで、物々しい鋼鉄製だった。動かすだけでもかなりの労力が必要そうだが、それよりも街や王城の防衛力が重要なのだろう。

城門が完全に開放されると、巨大な城が目の前に現れた。城はこれまでの豪華な宿泊施設や馬車と同様に美しく、見事なものである。大きさや豪華さだけでなく、十分すぎるほど迫力もある。きちんと戦いの場となることを想定した城なのだろう。

城門を抜けると、馬車が止まって扉が開かれた。

「どうぞ、こちらへ」

そう言って、騎士達が先導する。グレンと一緒に馬車から降りて付いていくと、後ろにアードベッグ達が並んだ。

城の中に入ると、磨き抜かれた美しい石の床が広がった。広いロビーだ。左右に上がれる階段があり、正面には馬車が通れそうな広い廊下がまっすぐ続いている。

案内を受けて歩いていき、二階、三階と上って行く。気が付けば、真っ白な両開き扉の前に立っていた。

「こちらで陛下がお待ちです。お二人の身元は証明されておりますが、我が国の仕来りの為謁見の間には騎士と宮廷魔術師が参列いたします。ご容赦を」

「はい、分かりました」

案内していた騎士から注意事項を告げられて二つ返事で答える。こちらの返答を受けてから騎士が扉をノックすると、中から扉がゆっくりと開いていった。

扉が開いた瞬間目の前に広がったのは、曇り一つない真っ白な石を磨いて作られた床と壁、そして等間隔に並ぶ頑丈そうな巨大な柱だった。その柱の奥にはずらりと騎士、魔術師が並んで立っている。

カーヴァン王国の謁見の間には絨毯が敷かれておらず、私とグレンの硬い足音が響き渡った。アードベッグだけが付いてくるのか、他の騎士や魔術師はそれぞれ謁見の間の左右の壁に分かれて移動している。

奥に目を向けると、最奥のところに十段ほどの階段があり、その上に大きな椅子が置かれていた。まだレイド王は来ていないのか、空席のままである。

謁見の間をグレンと並んで歩いていると、しばらくして階段下近くに立つ騎士から声を掛けられた。

「そこで立ち止まりなさい」

言われるままに立ち止まると、アードベッグが静かに跪く。これは跪いた方が良いのだろうか。そう思っていると、先ほどと同じ騎士が同様に口を開いた。

「陛下がお見えになる。片方の膝を地面に突いて待つように」

と、新たに指示が来る。横目でグレンを見ると、すでに跪こうとしている最中だった。それに合わせて跪き、なんとなく顔を下方に向ける。

すると、奥で大きな鐘の音が鳴り、騎士が声を発する。

「陛下の御成りです」

その言葉を聞き、わずかに顔を上げる。すると、階段の奥から豪華なマントを羽織った男が現れるのが目に入った。

「来訪者。ヴァーテッド王国グレン侯爵。フィディック学院上級教員のアオイ殿。良くぞ参られた。顔を上げてくれ」

そう言われて、改めて顔を上げる。

椅子に座っている男、レイド王を初めてしっかりと見ることが出来た。意外にも精悍な顔立ちで、騎士と言われても違和感を持たないような風貌である。また、その目には厳しさがあり、こちらの内心を見透かすかのような鋭さがあった。

「中々、謁見の許可が下りなかったと聞く。我がカーヴァン王国は厳しい出入りの管理をしておるが故のことである。国防の為と考え、許してもらいたい」

レイドは表情に似つかわしくない低姿勢でそう告げる。それにグレンが目じりを下げて頷く。

「いやいや、そのようなことで怒ったりはしませんぞい」

「はい、謁見をすることが出来て安心しております」

グレンの言葉に続き、同意に似た返事をした。怒ってはいないが、かなり不安な想いはしたのだ。

その感情が伝わったのかどうかは分からないが、レイドは顎を引いてこちらを見た。

「……グレン侯爵とはこうして直接言葉を交わすのは初めてだったか」

「お互い、出不精じゃからのう」

レイドが少し歩み寄った物言いをすると、グレンは思わずいつもの調子で返事をした。それに、謁見の間の緊張感が高まる。一部の騎士が表情を変えてしまったのが此処からでも分かった。

それを尻目に、グレンは眉をハの字にする。

「……無礼じゃったか。これは申し訳ない」

真摯に謝罪するグレンだったが、レイドが片手を挙げて首を左右に振った。

「良い。忠臣の者しかおらん故、少々過剰な反応をしてしまうことがあるのだ。気にせず、いつもの調子で話してもらいたい」

レイドが許可すると、謁見の間の空気は徐々にもとへ戻っていく。

おや、意外と話せる相手なのか。

そんなことを思いながらレイドを見上げていると、やがて視線がこちらに向いた。

「……その方が、アオイ・コーノミナトという魔術師か。稀代の魔術師で、あのエルフの王にも認められたと聞いている。どのような魔術も扱えるというのは本当か？」

「いえ、エルフの精霊魔術はまだ学んでいる最中です。同じ現象は起こせても、似て非なるものという結果になりました。もう少し研究が必要です」

そう答えると、レイドは興味を持ったのか椅子から少し背を離して顔を前に出す。

「ほう？　エルフの魔術を模倣することが出来るだけでも信じられん。どうだ、規模の小さなもので良いので披露してもらえるか」

レイドにそう言われて、すぐに頷いた。

「もちろんです。それでは……室内でも問題が無さそうな水の疑似精霊魔術をお見せします」

そう言って立ち上がると、すぐに謁見の間の騎士や魔術師達が一歩だけ前に出た。もし、私が怪しい動きをしたら全員が止めにかかるに違いない。

それはアードベッグであっても同様なのか、私の後ろで少しだけ腰を上げて様子を覗っていた。

その様子を一瞥してから、魔術を使う為に口を開く。

「……小水龍（レビアタン）召喚」

呟いた直後、水の魔術と風、土の魔術が連動して動き、瞬く間に空中で形を成していった。僅か二秒程度で少し青みがかった色合いの水の龍が空中に現れる。ドラゴンというより東洋の蛇に似た龍という感じだ。

その水龍を見て、謁見の間ではどよめきが起きる。

「……空中を泳ぐように動いているぞ」

「そう見せているだけではないのか」

「しかし、あまりにも自然だ……」

魔術師達の声だろう。そんな言葉が所々から聞こえてくる。

「静まれ」

階段下に立つ騎士が大きな声を出した。すると、すぐさま謁見の間に静寂が戻ってくる。静かになったことを確認してから、レイドは再び口を開いた。

「その水の蛇は、動くのか？　どのようなことが出来る？」

興味津々といった様子で尋ねられ、すぐに水龍をレイドの方へ飛ばした。

「へ、陛下……！」

慌てて騎士達が駆けだそうとした為、水龍を階段手前で止める。皆の視線がこちらに向いているのを背中に感じながら、口を開いた。

「警戒させてしまいそうなので、このくらいの距離で実演をいたします」

そう前置きしてから、魔術の説明に入る。

「……この水龍はある程度自立して動くことが出来ます。この魔術の一番の特性は私と水龍別々に魔術を使用することが出来る、というものです。実際にやってみましょう……雷戟(トレノ)」

事前説明をしつつ、まずは自分が魔術を使って見せる。雷の魔術の応用で、自分の周囲に小さな雷球を幾つも発生させるものだ。触れれば高圧の電流により感電する為、攻撃的な防衛手段としても使える。静電気の影響を受けて髪の毛が逆立ってしまうのが難点である。

一方、水龍の方は魔術名も無しで水の魔術を行使してみせた。水を風で巻き上げるようにして操作し、小さな水の竜巻を作りあげる。海の上で竜巻が出来た時に起きる水の柱のような雰囲気だ。ただ、サイズが小さい為威力としてはそれほどでもないだろう。

同時に二つの魔術を行使する様を見て、皆も驚いたのか息を呑む音が聞こえてきた。

階段の上でこちらを見ているレイドも同様である。

「……このように、私は雷の魔術を、水龍は水と風の複合魔術を同時に使うことが出来ました。もちろん、今回は出来るだけ小さな魔術を扱いましたが、本来なら水龍単体でも山を削ったり、大きな砦を壊すことが出来るような大きな魔術を使うことが出来ます」

と、簡単に解説を行った。

しかし、数秒もの間反応が返ってこず、何か間違えたのだろうかと不安になる。

「……か、雷の魔術だと……?」

「報告にはあったが、あんな魔術を本当に一人で……」

「……一人で同時に複数の魔術を使うことが出来るというのは、明らかに脅威だぞ」

暫くして誰かが何か呟いたりと反応はあったが、徐々にざわめきが起き始め、やがて謁見の間内は騒然となってしまった。

混乱に近い状態となった謁見の間で、レイドは真剣な目で水龍を見下ろしている。

「……これが、エルフの精霊魔術を模したもの、か。確かに、エルフ達が人間の魔術を下に見ている理由が分かるな。このような魔術を使える魔術師は、我がカーヴァン王国にはいないだろう……残念ながら、な」

レイドはそう呟くと、静かに椅子に座り直した。背もたれに体重を預けて、長い息を吐く。

「なるほど、そうか……我がカーヴァン王国はどの国よりも先んじているという自負があったが、こと魔術に関しては出遅れているのやもしれんな」

レイドが何か言葉を発している。声は聞こえなくても、その気配は察したのか。階段下に近い騎士は周囲を見回して怒号のような声を発した。

「静粛に！　陛下の御前である！」

その号令があっても、今回は静かになるまでに少し時間を要した。その様子を苛立たしげに眺めながら、レイドが口を開く。

「……宮廷魔術師長、アードベッグよ」

「は、はは……っ！」

急に名を呼ばれて、アードベッグが慌てて返事をする。あのアードベッグが、地面に頭が付きそうなほど深々と頭を下げていた。

レイドはそれを真っすぐに見下ろして、口を開く。

「今のアオイ殿の魔術は、理解できたか？　再現しようと思ったら、何年かかる？」

端的なあっさりとした質問だった。だが、アードベッグの額からは滝のような汗が流れ落ちている。

数秒もの時間をかけて、アードベッグは顔を上げた。

「………まったく、理解できませんでした。恐らく、魔術の概念、研究の方向性が我がカーヴァン王国のものと違う為、再現することすら難しいと思われます」

アードベッグが低い声でそう口にすると、謁見の間に大きなどよめきが起きた。騎士が怒鳴って静かにさせようとしているが、魔術師達に至ってはその場で激しい議論をする者まで現れており、とてもではないが収まりそうになかった。

その原因となる言葉を発したアードベッグは、ただただ無言で地面を睨んでいる。表情は窺い知れないが、もしかしたら私に対しての怒りや不満を持ってしまっているかもしれない。

と、レイドが騒がしい謁見の間をぐるりと見て、最後に私の方に顔を向けた。

「……情けない姿を見せてしまったな、アオイ殿」

そう呟いてから、顔を上げて後方のグレンに対しても口を開く。

「グレン侯爵。これが我がカーヴァン王国の魔術のレベルだ。フィディック学院から見て、児戯にも等しいと笑うほどの水準だろうか」

　自嘲気味な笑みを浮かべて、レイドがそう尋ねた。それに、グレンは申し訳なさそうに首を左右に振る。

「いやいや、先ほどアードベッグ殿の魔術を拝見したが、児戯などとんでもないぞい。フィディック学院の上級教員と並ぶ高い能力をもっておると思いましたわい」

　面子が潰れてしまったアードベッグのフォローをするように、グレンがカーヴァン王国の魔術の水準を評価した。その言葉に、アードベッグの肩がぴくりと揺れる。

　対して、レイドは冷静にグレンの台詞を聞き、更なる問いかけを行う。

「……遠慮はいらぬ。例えばだが、先ほどのアオイ殿の雷の魔術。これは我が国ではまだ実現出来ていない魔術だ。この魔術をフィディック学院では何人が扱うことが出来る？」

　レイドがそう尋ねると、グレンは眉をハの字にして唸った。

「ふむ……わしも加えて良いなら、十人ほどじゃろうか。練習中でまだまだ安定していない者も含めると今は三十人くらいだったかのう？」

　首を傾げながら、グレンは確認の為に私を見た。それに同意の意味で頷き、レイドを見上げる。

「はい。フィディック学院では現在、私の行っている魔術概論の講義で雷の魔術を教えております。また、魔術概論その二では複合魔術についても講義をしている最中です」

　そう答えた後、私は重要なことを思い出して再度口を開いた。

「……あ、言い忘れましたが、雷の魔術を使える生徒達の中で、最も上手に扱えるのはこのカーヴァン王国の生徒、ディーン・ストーン君ですよ」

そう告げると、レイドの目が丸く見開かれた。後ろでアードベッグが顔を上げる気配も感じる。

「我が国の子が、雷の魔術を？　ストーンということは、ストーン男爵家の子か」

レイドが驚きの声をあげると、その驚きが伝わったのか謁見の間の空気が変わった。

「……今、雷の魔術を使える生徒、と言ったのか？　教員ではなく？」

「ちょっと待て、その中でも我が国の子が最も優れている、と……」

「誰だ、ストーン男爵家とは。領地持ちではないのか？」

先ほどとは全く違うざわめきが起き、少しだけ気分が良くなる。期待を込めてレイドを見上げていると、眉間に皺を作ったレイドが椅子の背もたれから体を起こし、口を開いた。

「記憶は朧気だが、ストーン男爵は魔術が得意というわけでもなかったように思う。その子息が、そのように類稀な魔術の才があった、ということか？」

「はい。ディーン君はとても真面目で、魔術への探求心も持っています。まだ十四歳ほどですし、このままフィディック学院で学んでいけば、特級魔術はもちろん、複数属性の複合魔術も使えるようになるでしょう。私も将来を楽しみにしております」

喜び勇んでそう伝えると、謁見の間に驚愕の声が広がる。

「お、おお……！　雷の魔術だけでなく、複合魔術も……！」

「それは、是非とも宮廷魔術師に……！」

「いや、待て！　我がカーヴァン王国の魔術研究を向上させるために、新たに王都に魔術学院を……」

そんな声が四方から聞こえてくる中、レイドは少しホッとしたような表情で息を吐いた。どうやら、カーヴァン王国の魔術水準だけが大きく出遅れているのかもしれないと不安になっていたらしい。

「……そうか。まずは、我がカーヴァン王国の子らにもそのような特別な魔術を教えてもらったことに対して感謝を。通常ならば、国家の重要機密となるような研究だろう。そういったことを学べるだけでも、フィディック学院が特別な魔術学院であることは認識できた」

レイドがそう告げると、グレンが嬉しそうに笑った。

「ほっほっほ。いやいや、雷の魔術に関しては全てそこのアオイ君の力じゃよ。それに、雷の魔術に関してはエルフ達ですら使うことは出来ないんじゃから、あまり心配する必要はないぞい」

上機嫌にグレンが答えると、レイドは興味深そうに頷く。

「ふむ、そうなのか。あの魔術に長けたエルフ達ですら出来ない魔術を……いや、今回の謁見は実に有意義なものとなったな」

そう呟き、レイドはふと重要なことに気が付く。

「む？　それで、謁見の内容は確か学院に向かった我が子の話ではなかったか？」

レイドがそう口にすると、階段下にいた騎士が顔を上げた。

「は！　内容は、ジェムソン殿下がフィディック学院への入学が出来なかったことに対する説明、とのことでした！」

その言葉を聞き、レイドは片方の眉を上げる。

「……ジェムソンが入学できなかった、か。それはつまり、我が子はフィディック学院に入学する実力を有していなかった、ということではないのか？　それに対して親が怒っているのではないかという心配なら無用である。我が子らの内、三人は王都の魔術学院に通った。ジェムソンもその一人だがな。そして、残りの五人は騎士や法務の道を歩んでおる。本来、魔術師の才能を持つ者は少ないのだから、実力に差が出るのも当然といえよう。そのことでフィディック学院やグレン侯爵に対して文句など言うような狭量ではないつもりだ」

レイドがそう言ってグレンを見下ろすと、そのすぐ後ろで跪いているアードベッグが体を硬く縮こまらせていた。グレンもアードベッグの様子が分かっているのか、どう説明したものかといった様子で唸り、若干申し訳なさそうに口を開いた。

「……アオイ君がエルフの王国で国王に認められるという事態を起こしたお陰か、フィディック学院は大量の転入希望者で溢れておる。それもあって、学院内は普段より騒々しい状態で、その空気の影響もあるのかもなんじゃが、その、ジェムソン殿下が少し揉め事を起こしてしもうてのう……」

「何？　揉め事？　どういうことか。詳しく話してもらいたい」

グレンの言葉に、レイドは焦れたように前傾姿勢になる。グレンは配慮し過ぎているのか、説明が回りくどくなってしまっていて、問題となっている部分がぼやけてしまっている気がした。

この為にカーヴァン王国に来たのに、曖昧な伝え方では良くないのではないか。そう思ってグレンに顔を向ける。

「グレン学長。詳しく、詳細をそのままお話しください」

そう告げると、グレンは眉根を寄せて困ったように口を噤んだ。どう言おうか考えているようだ。早く話してもらいたいが、私が代わりに話すのは学長であるグレンに申し訳ない。

仕方ないので、目でグレンに急ぐように訴える。

「ヒェ」

何故か、グレンが小さな悲鳴を上げた。

そんなことをしていると、レイドが溜め息を吐いて私を見た。

「……余程のことがあったのか？　グレン侯爵は貴族故、余計な気を遣ってしまっているようだ。もし分かるなら、アオイ殿から説明をしてほしい」

レイドにそう言われて、深く頷く。グレンが困っており、レイドが私に頼むと言ったのだ。これならば私が話しても良いだろう。

そう思って口を開きかけたが、グレンが慌てた様子で先に声を掛けてきた。

「あ、アオイ君……！　優しく、優しく内容を……」

「優しくの意味が分かりません」

「Oh……」

返事をするとグレンは変な声をあげてがっくりと肩を落とした。

そもそも、どう優しく言ったところで事実は事実である。内容に変わりはないのだ。

「それでは、陛下。私が簡単に説明します……当初、ジェムソンさんはフィディック学院に入学するつもりで来られたようですが、すでにかなりの魔術の知識や技術をお持ちのようでした。そのせいもあり、上級教員の魔術だけを優先的に受けると言い始めました。そもそも、まだフィディック学院に入学していないのに、自分だけの特別な講義をするように訴え始めたのです」

そう告げると、レイドの眉が険しい角度へと変化し始めた。その表情の変化を確認しながら、私は話を続ける。

「フィディック学院は貴族や庶民、人間や獣人などといった垣根を越えて魔術を学ぶ場です。地位や人種などでの差別は禁止されています。そういった面を含めて教員が説得しようとしたところ、あろうことか学院内で魔術を行使して意見を通そうとしておりました」

そう続けると、レイドが思わず口をはさんだ。

「……まさか、怪我人が出たのか？」

レイドが低い声でそう口にするが、首を左右に振って答える。

「いえ、怪我人は出ておりません。途中からアードベッグさんもジェムソンさんに指示されて学院内で魔術を使っておりましたが、私と教員の方で対処いたしました」

そう口にすると、レイドの顔色が変わった。

「……アードベッグ」

地の底から響くような声でレイドが名を呼ぶと、アードベッグは顔を上げて首を何度も左右に振る。

「へ、陛下……！　これは違うのです！　行き違いがあり大きな騒動になってしまいましたが、私は殿下を守ろうとしただけで……！」

慌てて自己弁護をしようとするアードベッグに、レイドは細い息を吐く。

「……それでは、先に手を出したのはフィディック学院教員である、と主張するわけだな？」

レイドが確認をすると、アードベッグは息を呑んだ。そして、私やグレンを無言で睨む。レイドはその様子を横目に見つつ、私に対して口を開いた。

「状況はどうだったのか。話してくれ」

レイドに続きを促されて、頷いて答える。

「当初、ジェムソンさんの説得に教員が対応をしておりましたが、自身の要望が通らないと知り、攻撃用の魔術の詠唱を開始。それに対して、学院の教員は口頭にて詠唱の中断を訴えました。しかし、その説得も空しく魔術は発動してしまい、教員達が被害者を出さないように魔術の無効化を行っております。その後、激高したジェムソンさんはアードベッグさんに協力を依頼し、学院内で上級以上の魔術を使おうとされていました。そちらは私が止めさせていただきましたが、もし間に合わなければ多くの死傷者が出たものと思っております」

そう告げると、レイドは鬼のような形相でアードベッグを睨んだ。その鋭い視線に震え上がり、アードベッグは首を何度も左右に振る。

「い、いえ！　それは大げさかと……！　私は十分に規模を抑え、見た目ばかりの魔術を披露しただけで、そんな恐ろしいことは一切……！」

「しておらんと申すか」

「は、はい……！」

アードベッグは必死に自分を守ろうと私の言葉を否定する。その様子に、言葉ではこれ以上の説明は出来ないと判断した。

「それでは、実際に見てもらった方が良いかもしれません」

そう口にすると、皆の目が私に向く。

「……なに？　実際に見る、とは……再現するという意味か？」

レイドが困惑して呟いた。それに頷き、答える。

「再現とは少し違いますが、映像をお見せしようと思います」

言いながら、私は水と火の魔術を用いたオリジナル魔術を披露することにしたのだった。

第九章 — 証拠を

誰一人言葉を発する者はいない。ただただ、謁見の間の中心に浮かぶ映像を食い入るように見ていた。

謁見の間の中央には巨大な立方体が浮かんでおり、その中では空から見下ろすような角度でフィディック学院の一部が映し出されている。

『学院内では魔術を行使して良い場所が定められております！　特に、上級以上の魔術の詠唱をしている方は即座に詠唱をお止めください！』

立方体の中から、スペイサイドの声が響き渡った。その後、ジェムソンの興奮した声が続く。

『その方、どこの誰だ!?　まさかとは思うが、今の無礼な発言はこの私にしたのか!?』

『私はこのフィディック学院の教員です！　それよりも、どのような地位や権力があろうと、このフィディック学院内では学院のルールに従う必要があります！　それは王族だとて例外ではありません！』

『無礼な！　こちらの要求を聞きもしない貴様らに問題があると何故分からん!?』

『フィディック魔術学院では一対一の個人講義などは行っておりません！　生徒の人数も多いので、そういった講義を行うことが出来ないのです！　そもそも、上級教員の通常の講義ですら人数制限がかかるくらいです！　きちんと正規の手続きを行って受講をお願いします！』

『この……っ！　無礼者めが！』

スペイサイドが学院のルールを伝えて説得しようとするが、ジェムソンは一切聞き入れなかった。

そして、ついにジェムソンが攻撃的な風の魔術を発動させる。対して、スペイサイド達教員が魔術の無効化とジェムソンの拘束に動いた。

結果、ジェムソンは石の壁の中に閉じ込められて喚いている。

その段階でレイドは渋い顔をしていたが、その後のアードベッグ登場場面で更に顔を顰めることとなる。

『……力で他国の王族をねじ伏せ、拘束するとは。フィディック学院の教員がそのように過激だとは思いませんでしたな』

そんな言葉と共に、アードベッグがジェムソンを囲んでいた壁を壊して現れた。

『爺！　遅いぞ！』

『ジェムソン殿下が好き勝手に移動し過ぎなのです。それで問題まで起こしてしまっては私にもどうしようもありませんぞ……まぁ、ともあれ、この場は私にお任せください。いくらフィディック学院といえど、教員ごときに後れは取りませんからな』

『馬鹿どもめ！　さっさと私の言うことを聞かないからこうなるのだ！　アードベッグはカーヴァン王国の宮廷魔術師長だぞ！　己の過ちを後悔するが良い！』

ジェムソンとアードベッグがそんなやり取りをした後、アードベッグは明らかに上級以上に該当する魔術の詠唱に入った。

「……も、もう良い！　止めてくれ……！」

さぁ、これからアードベッグが魔術を行使するぞといった場面で、当の本人から待ったが掛かった。

空中に浮かぶ映像は、アードベッグの足元を火のサークルが取り囲む場面で停止する。言われた通りに映像を止めてアードベッグに目を向けると、顔色の悪いアードベッグが地面にへたり込んでしまっていた。

その様子を見て、レイドが溜め息と共に口を開いた。

「……アードベッグ」

名を呼ばれて、虚ろな目でアードベッグが顔を上げる。それを見下ろして、レイドは首を左右に振った。

「この恐るべき魔術で映し出された光景は、事実か……そう尋ねようとしたのだが、聞くまでもないようだな」

何処か悲しそうにそれだけ呟き、レイドは階段の下にいる騎士に命令する。

「アードベッグをつまみ出せ。ないとは思うが、自暴自棄になって暴れぬよう特別牢に入れておくように」

「は、はは……っ！」

騎士はレイドに深々と一礼して返事をすると、素早く三人見繕ってアードベッグの元へ移動した。

「アードベッグ殿……一旦、退席願う」

騎士はそれだけ言うと、アードベッグの返事も待たずに立たせ、謁見の間から出て行った。その様子を、皆が固唾を飲んで見送る。

「……アオイ殿」

不意に、レイドが私の名を呼んだ。それに振り向いて返事をすると、レイドは何とも言えない表情でこちらを見ていた。

「……それで、グレン侯爵とアオイ殿は我が子、ジェムソンと宮廷魔術師長のアードベッグが起こした不祥事を、どのように処罰したいと？　その為にわざわざカーヴァン王国まで来たのだろう？」

苦み走った顔でそんなことを言うレイドに、グレンは眉根を寄せる。

「いやいや、処罰を望んできたのではないのじゃ」

グレンがそう答えると、片方の眉を上げてレイドが疑念に満ちた目を向けてくる。

「なに？　では、金銭か、何かの権利でも寄越せということか？」

その言葉に、グレンは困ったような表情で私を見た。何を求めてここまで来たのか、説明をしてほしいということだろう。そもそも私が望んだことなのだから、それに対しては全く問題ない。

そう思い、グレンに代わって答えることにする。

「陛下……失礼を承知で申し上げます。教員としての意見ですが、陛下は我が子への教育の方針について見直しを行うべきだと思っています」

そう告げると、一気に空気が冷え込み、謁見の間が凍り付いてしまったような気がした。やはり、失礼だっただろうか。だが、レイドも一人の親である。教員としては平等に家庭内教育について助言をするべきだろう。王族だから、貴族だからと放置していては不公平である。

そう判断しての発言だったが、少し言い方が悪かったらしい。何人かの騎士や魔術師が声を荒げるほど激高していたが、当のレイドは冷静だった。

レイドは皆を睥睨するように見て、口を開く。

「……騒がしい。まずは、アオイ殿の意見を聞かせてもらうつもりだ。静かにせよ」

レイドがそう告げると、皆が口を噤む。目にはまだ怒りが宿ったままの者達も多かったが、それでも一旦静かにはなった。それを確認してから、レイドは再び口を開く。

「……それで、アオイ殿は我が国の王族の教育方針が間違っている、と言いたいわけだな？　ジェムソンには幼少期より私が厳選した専属の乳母を付け、優れた騎士と魔術師に教育を受けさせてきた。それが間違いの原因だった、ということか？」

レイドが改めて詳しく聞いてくる。声は冷静だが、目には厳しい感情が見られた。その目をしっかりと見返して、左右に首を振る。

「ジェムソンさんは確かに優れた魔術の技術をお持ちのようでした。しかし、私が言いたいのはそういった能力的な部分ではありません。単純に、他者を思い遣る心や良識についての話です」

「……ジェムソンは良識に欠ける、と言いたいのか」

私の言葉を聞き、レイドの声が硬くなった。まさか、そこまで言われるとは思っていなかったのかもしれない。これまで家庭訪問した際も同様だったのだが、多少であっても子供の問題を口にすると両親は表情を硬くし、警戒心を持ったような雰囲気となる。それが名誉を重んじる王侯貴族ならばより顕著なものとなるだろう。

そういったことも踏まえて、少し丁寧に説明をすることにした。

「ジェムソンさんの言動や行動には、自身が王族であるという事実から来る慢心が影響を与えていると考えられます。自分が王族だから他者よりも優れている。または、自分が王族だから他者よりも偉い……そういった勘違いが傲慢な発言、行動を起こさせてしまっていると思います」

そう告げると、レイドの目が鋭く細められた。

「……勘違い？　勘違いとはどういうことだ？　まさかとは思うが、この私が寛大な対応をしたことで自分が王族になったと思い違いをしたか？　アオイよ。お前は他国の一市民であり、王族はもとより貴族ですらない。地位を口にするなら、ただの教師だ。そのお前が、この私に何と言った」

レイドが怒気を隠さずにそう口にすると、直接言われたわけではない騎士や魔術師達の背筋が伸びた気がした。謁見の間にいる者達が緊張する気配を感じつつ、レイドの目を睨むように見る。

「陛下。もし、陛下自身が王族は特別な存在であり、他者を傷つけても良いとお考えなら、それは間違いであると言わせていただきます。個人的な考えかもしれませんが、王族や貴族とは国の重鎮であり、皆から尊敬されるような人であるべきだと思っています。その重鎮が国民のことを蔑ろにし、貴族ではない者を差別するような文化が形成されたなら、その国はいずれ滅びるでしょう。私がもしそういった国の国民であったなら、早々に別の国へ移住します」

はっきりとそう告げると、レイドは眉間に深い皺を寄せた。何かを考えるように押し黙ったレイドを見上げて、ここが正念場であると意を決する。

「陛下……いえ、レイドさん。今は教員として生徒の保護者を相手にしていると思って話をいたします」

そう口にすると、レイドは難しい顔で唸った。

「……続けるが良い」

レイドが低い声でそう口にしたので、頷いて話を続ける。

「はい。それでは、話を続けさせていただきます。もしも、王族が特別であり、何をしても良い存在であると仮定します。そんな人物が、感情の起伏によって国民を大勢殺してしまったとします。その場合、国民はどう思うでしょうか？」

「それはジェムソンの話とは違う。怪我人すら出なかったと言っていたではないか」

レイドが不機嫌そうに反論した。

「いえ、それはただの結果論です。たまたま、フィディック学院の教員が対応したお陰で怪我人は出ませんでした。しかし、その対応を魔術師でない者がしていたなら、間違いなく怪我人は出ました。魔術の直撃でなくても周囲の建物が崩れれば人が死んでいたかもしれません。もし嘘だと思うならば、もう一度映像をお見せいたします」

ジェムソンを盲目的に庇おうとしている。そう感じた私は厳しく断言した。すると、レイドは口を噤む。上手い反論が出来ないと感じたのかもしれない。ならばと、話を続けることにする。

「……では、話を戻します。そのように癇癪を起して毎回死傷者を出してしまうような王様を、レイドさんはどう思いますか？　国民はどう感じると思いますか？」

改めて尋ねると、レイドは顎を引いた。

「……死んだ者によるとは思うが、下手をしたら、国民は国に反乱することもあり得る。もし野心を抱く大貴族がいたならば、これ幸いと暗躍し、反乱軍の規模を大きくしていくことだろう。国が乱れれば他国から狙われることも考えられるな」

冷静になったレイドが自分の考えを述べる。

「私もそう思います。それでは、王族であっても安易に他者を傷つけるような行動はすべきではない、という話は納得していただけましたか？」

「……異論はない」

レイドがそう口にすると、謁見の間でわずかに驚きの声が上がった。王族が行うことは全て正しい、もしくは王族の行動は非難することが出来ない。そう思う人物が少なからずいるということだろう。

「君主制である以上、王という存在は国民の代表であり最上位の立場であることは間違いないでしょう。しかし、特別な存在であるというわけではありません」

「立場と存在、同義ではないのか」

「違います。立場は王という肩書そのものです。一方、存在とはその人自身のことです。もし、国が滅んでしまったとしたら、その王だった人は他国でも王として扱われるでしょうか？　下手をしたら、敵対する国に真っ先に殺されてしまうことすらあり得ます。では、王という立場はどうして最上位の存在でいられるのでしょう？」

「……国があるから、か」

レイドが答える。しかし、半分正解といったところだろうか。

「はい。その通りです。そして、その国とはそこで暮らす人々がいるからであり、人々が王を王として認めてくれるからこそ成り立つものだと思います。例えば、私がカーヴァン王国の一人の国民であったとして、レイドさんやジェムソンさんが何かに腹を立てて私の家族の命を奪ってしまったとしましょう。実際に起きていないことなので分かりませんが、もしかしたら私は怒りに我を忘れてこの城に殴り込み、皆を殺してしまうことだってありえます」

もしも家族が殺されたら……そう思い、無意識に少し過激な物言いをしてしまった。対して、レイドは何か言い返そうとしたのか、口を開いた。しかし、結局何も言わずに険しい顔のまま口を閉じたのだった。

私は一度深く呼吸し、本題に入る為に口を開く。

「……学院はしつけの場ではなく、学びの場です。今回、ジェムソンさんはフィディック学院に相応しくないとして入学することは出来ませんでした。しかし、もし今後気持ちを入れ替えて公正かつ公平な見方、態度や言動を行うことが出来るようになれば、フィディック学院は喜んでジェムソンさんの入学を受け入れることでしょう。ねぇ、グレン学長？」

そう締め括ると、最後に話を振られたグレンが「ふぉ!?」と奇声を発した後、深々と頷いた。

「む、むぅん……その通りじゃ。威厳は重要じゃが、王族や貴族とて無闇やたらと偉ぶってはいかんとわしも思っておるぞい。他国の王族もおるわけじゃし、是非とも謙虚な態度で学院生活を楽しんで欲しいのう」

グレンがそう言って軽やかな笑い声をあげると、その笑い声が室内に反響した。その反響が鳴り止めば再び沈黙が場を支配する。

呟き一つ聞こえない中で、グレンが不安そうに目を泳がせた。

「……ジェムソンを呼べ」

不意に、レイドが発言する。その言葉に、騎士の一人が背筋を伸ばした。

「はっ！　少々お待ちください！」

騎士は慌てた様子で返事をして素早く退出する。すぐ近くで待機していたのか、ジェムソンはすぐに扉を開けて入ってきた。後ろにはアードベッグを連れて行った騎士達が付いてきている。

「父上、何かご用でしょうか」

ジェムソンは私の顔を一瞥しつつ、レイドに声を掛けた。その言葉に頷き、レイドは険しい顔でこちらを見下ろす。

「……アオイ殿、当事者を呼んだ。学院であったことをもう一度話してくれるか？」

そう言われて、少し当惑する。レイドの狙いがよく分からなかったからだ。しかし、答えないのも変なので一先ず言われた通りにしてみる。

「それでは、もう一度お話しさせていただきます」

そう前置きしてから、再びフィディック学院でジェムソン達が行ったことを詳しく説明した。最初はにやにやと笑みを浮かべていたジェムソンだったが、ジェムソンとアードベックの魔術で死傷者が出ていたかもしれないという話を聞き、表情が苛立たしげなものへと変わっていった。

「……と、いうことで、ジェムソンさんにはフィディック学院から出てもらいました」

状況説明だけをして話を終えると、レイドは溜め息を吐いてから顔を紅潮させるジェムソンを見る。

「……ジェムソン。アオイ殿の言葉に間違いはないか」

レイドがそう確認するとジェムソンは半笑いで肩を竦める。

「父上。それは事実とは全く違います。私はカーヴァン王国王家の血筋を持つ者として、威厳を持ってフィディック学院へ赴きました……しかし、そこのアオイを筆頭として、学院の教員達は明らかにカーヴァン王国の王族を下に見ていたのです！　私は我がカーヴァン王国は六大国でも特に素

晴らしい国であり、強大だと信じています！　だからこそ、そういった極めて無礼な態度にも負けず、毅然たる対応をいたしました！　それでも、状況は多勢に無勢……宮廷魔術師長のアードベッグ殿も一緒でしたが、十人を超える教員を相手では残念ながら……」

と、ジェムソンは悔しそうに自己弁護を行なった。なるほど。誇張はあるが、上手く言い訳をしている。現場で見ていなければレイドは厳しい判断をすることが難しくなっていただろう。

だが、今回はレイドにはすでに実際に起きた状況を映像で確認してもらっている。申し訳ないが、ジェムソンの言葉は見苦しい言い訳にしか聞こえないだろう。

そう思って様子を窺っていると、レイドは深く溜め息を吐き、どこか冷たい目つきでジェムソンを見下ろした。

「……なるほど。王族らしい、毅然とした態度、か。確か、以前もそのように話したことがあったな。とある上級貴族の傲慢な子息が、王族を侮辱した為、王の血を引く者として厳しく対応した……他にも、勢いづく商会の商人が知識の乏しい子供だと適切な対応をしなかった為、処罰を行った、といったものだったか。今思えば、そんな報告を何度も受けたな」

低い声でそう呟くと、ジェムソンは胸を張って頷く。

「はい。王族として高い志と強い意志を持ち、毅然とした態度で威厳を示す。これまで通り、私はカーヴァン王国の王子として、当たり前のことをしたまでです」

ジェムソンが答えて、レイドは目を細めた。

「……これまで通り、か」

そのレイドの言葉と態度に、ジェムソンはようやく違和感を感じ取る。

「……ち、父上？　まさか、我が子である私の言葉を疑っているのですか？」

ジェムソンが愕然とした顔でそう尋ねた。レイドは厳しい表情で睨み返した後、私に視線を移して口を開く。

「あの魔術をもう一度頼む」

「……承知いたしました」

レイドの言葉に頷いて返事をし、再び過去の光景を披露する。

その映像が流れて、ジェムソンは大声で映像が嘘であると叫んだが、もはや誰からも信じられることはなかったのだった。

◇

「……今日は、短い時間にもかかわらず酷く疲れた」

人払いをして僅かな人間しかいなくなった謁見の間で、レイドが深い溜め息とともにそう呟く。

王としての仮面をとった、一人の父親としての言葉なのかもしれない。家族の予想外の裏の顔を知ってしまい、強いショックを受けたはずだ。誰でも、信じていた息子が非行に走ってしまったらそんな気持ちになるだろう。

レイドは疲れた顔のまま、こちらを見た。

「……アオイ殿。お陰で私は自身の眼がどれだけ曇っていたか知ることが出来た。目を背けたくなるようなことはあったが、な……」

レイドは自嘲気味に笑いながらそう口にする。それにグレンは同情的な微笑みを浮かべて頷く。

「わしも家族のことでは随分と悩んだものじゃよ。いや、今も悩んでおるがのう……とはいえ、見放してはならんぞい。偉そうなことを言うようじゃが、わしは家族を最後まで見放すようなことはしないつもりじゃ。じゃから、レイド陛下もジェムソン殿下を見限るようなことはせずに、改めてご子息の教育について考えてみても良いかもしれんのう」

グレンは自らの髭を片手で撫でつけながら、さも人生の先輩らしい台詞でレイドを諭していた。つい最近まで自室に引き籠ってしまった孫をどうして良いか分からずに四苦八苦していた気がするが、気のせいだろうか。

そんなことを思いながら二人の様子を眺めていると、レイドは肩を落として同意の言葉を述べた。

「……貴重な助言、痛み入る。肝に銘じておこう。しかし、私は正直自ら子育てをした経験などないのだ。どうすれば良いのか。何を教えれば良いのか分からぬ。恥ずかしい話だが、もし可能なら我が子の教育を頼むことは出来ないだろうか。もちろん、最大限の報酬を用意する。他にも、カーヴァン王国の最重要人物として貴人の勲章を授与しよう。どうだ？」

レイドがそんな提案をしてくるが、首を左右に振ってはっきりと拒絶する。

「申し訳ありませんが、お受けしかねます。教員として私が行えることは教育の方向性を示す程度でしょう。教育係ならば別の人を任命してください。出来たら、一般市民の気持ちを理解できる人で、尚且つ他種族への偏見や差別意識を持たない人が望ましいです。また、その人にはきちんとジェムソン殿下を叱る権利を与えてください」

そう告げると、レイドは眉根を寄せた。

「……そのような人材がいるだろうか。いや、しかし、確かにアオイ殿に頼るのは間違いであるな」

それだけ呟くと、レイドはぐっと足に力を入れて立ち上がる。

「今日は、とても良い勉強をさせてもらった。また是非とも話を聞きたいと思っている。もし良ければ、暫くカーヴァン王国に滞在してもらえるだろうか。王城で特別待遇を約束しよう」

レイドがそう言って私とグレンを見下ろしたが、私はこれにも首を左右に振って答えた。

「いえ、申し訳ありませんが、すでに多くの日数をかけてしまいました。もうフィディック学院に戻らなければ、生徒達の教育が遅れてしまいます」

そう告げると、レイドは噴き出すように笑い出す。

「は、はっはっは……！　アオイ殿の見方がすっかり変わってしまったな。これほどはっきりと自分の考えを正直に言われるといっそ気持ちが良いくらいだ。貴殿はどこまでも一教員なのだな？」

レイドに笑いながらそう尋ねられて、笑顔で頷く。

「はい。それが私の誇りですから」

第十章　ブレないアオイ

「……一時はどうなることかと思ったぞい。肝が冷え冷えじゃわい」

王城を出て、グレンが苦笑しながらそう呟く。

「そうですか？　思ったよりもレイドさんが話が通じる方で良かったと思いましたが」

そう答えると、グレンは呆れたような顔で私を見た。

「わし的には脅し半分で話をつけた気がしてならんのじゃが？」

「脅してなどいませんよ。グレン学長がそんなことを言うから私の変な噂が流れるんです」

「え？　わしのせい？」

二人でそんな会話をしながら王城の中庭を出て城門を潜ろうとすると、門番の衛兵に呼び止められた。

「お待ちください。陛下より、お二人をお送りするように言われております。お二人を王家の馬車でフィディック学院まで送迎いたしましょう」

そう言って、衛兵が城門の向こう側に手のひらを向けた。その方向を見ると、今まで見た中で最大規模の六頭立て馬車の姿があった。真っ黒な馬車は品の良い装飾が施されており、一目で最高級品であることが窺い知れる。

「おお、素晴らしい馬車じゃな……！」

グレンは目を見開いてテンションを上げた。明らかに嬉しそうな様子を見せているが、送迎してもらったのでは帰り着くまで何週間かかるか分からない。

「……申し訳ありませんが、我々は自分達が乗ってきた馬車で十分です。お気持ちだけ受け取っておきます」

そう答えると、衛兵は驚いたように目を丸くする。

「え？　あ、その、勿論、お二人が持ってこられた馬車は同行する者が引いて参りますが……」

断られると思っていなかったのか、衛兵は困ったような雰囲気でそう言った。もしかしたら、失礼の無いように送迎するように等と言われているのかもしれない。

どうしようかと思っていると、後方から声を掛けられた。

「そう困らせないでやってくれ、アオイ殿」

その声に振り向くと、お供を連れたレイドが歩いてきていた。

「なんなら、その馬車はフィディック学院に寄付するとしよう。それならどうだ」

レイドにそう言われて、不要である旨を伝えようとしたが、先にグレンが口を開いた。

「おお、それは嬉しいぞい！　あんな馬車が欲しかったんじゃよ」

ほくほく顔でそんなことを言いだすグレン。しかし、そんな高級な物を受け取るのは流石に申し訳ない。

私はレイドに体ごと向き直り、深々と一礼した。

「そのお気持ちは大変有難いのですが、こんな高級な馬車をいただくわけには参りません。丁重にお断りさせていただきます」

そう言って断ると、背後でグレンが嘆く声が聞こえた。物欲などあまり見せないグレンが珍しい限りである。

顔を上げると、レイドが困ったように笑っている顔があった。

「ふむ、そうか。ならば、ここで見送るだけとしよう。また、我が子や孫の中で魔術の才がある子が生まれたら、是非ともフィディック学院で魔術を教えてやってほしい」

レイドはそう言って寂しげに笑う。その言葉に、私の魔術具がまだカーヴァン王国まで出回っていないのだと知った。

「……あの、レイドさん。もしご迷惑でなければ、誰でも魔術師になれる魔術具を作っていますので、そちらをお渡ししましょうか？」

そう告げると、レイドは目を丸くして固まる。以前もそうだったが、どうやら誰でも魔術を使えるというのは世界共通の非常識らしい。仕方ないので、実際に魔術具を取り出してレイドに差し出した。

「こちらは灯（ライト）という魔術が込められた魔術具です。これを魔術が使えないと思っている方に渡して使わせてみてください。誰でも、魔力の使い方の初歩を学べると思います」

そう言ってボールペンほどの小さな魔術具を差し出すと、レイドは言葉もなく受け取った。

「……灯（ライト）？　なんの魔術だ、それは……」

不思議そうに魔術具を手にしてそう呟いた瞬間、魔術具の先から真っ白な光が放たれた。

「っ!?」

「なんと……!?」

眩い光に照らされて、レイドだけでなく御付きの者達も驚愕の声をあげる。徐々に光が弱まり、レイドは薄目を開けて魔術具を観察した。

「……先ほどの魔術名に反応したのか？　なんということだ。詠唱も不要であり、何の意識もせずに魔術が使えてしまった」

驚きを隠せないレイドに、改めて魔術具を紹介する。

「こちらの魔術具には初歩的な魔術が込められています。自分の魔力を使ってこの魔術を使うことによって、魔力を操作する感覚が持てなかった人達にも魔術を使えるようにする道具です」

説明すると、レイドは魔術具を顔の前に持ち上げて唸った。

「これは、世界が変わるような発明だ。古代の遺跡から出土するような遺物には似たような魔術具があるが、どれも貴重で国宝やそれに準ずる物として取り扱われてきた。中には貴族でもないのに金の力で手に入れている者もいるようだが……」

レイドがぶつぶつと呟きながら魔術具を観察する。

「何度かその昔の魔術具というものを拝見しましたが、どれも強力な魔術ばかりでした。魔力を扱いなれていない人では扱うことは出来ないことでしょう。その点、この魔術具は最も初歩的な魔術を簡単にして組み込んでいます。なので、魔術の才能が無いと思われていた方には最適だと思いますよ。是非、この魔術具を使って魔術を覚えさせてみてください」

そう告げると、レイドは浅く何度か頷いた。

「う、うむ……分かった。しかし、これを、私が受け取って良いのか？　どの国も喉から手が出るほど欲しがるような物だと思うが……」

「フィディック学院のあるウィンターバレーの一部お店ではもう売っているはずですから、これ一つくらいなら問題ありません」

「な、なんと……」

問題ないと答えると、レイドは衝撃を受けて呻いた。その様子に微笑みつつ、踵を返してグレンの方へ行き、レイドに一礼した。

「それでは、ありがとうございました」

そう告げると、後に続くようにグレンも口を開く。

「レイド陛下。今度は是非フィディック学院でお会いしたいのう。歓迎しますぞい」

グレンがそう言って笑うと、レイドは苦笑して頷いた。

「……うむ。世の中は色々と変わっておるようだ。私も、たまには他国へ赴くとしよう」

「おお、それは良いことじゃと思いますぞい」

二人がそんなことを言って笑う中、私は衛兵から自分達が乗ってきた馬車を持ってきてもらった。

馬車は馬が二頭で引いているが、馬は不要である。

「あの、こちらの馬はお返しします」

そう衛兵に言うと、不思議そうな顔をしながらも衛兵は素直に馬具を外した。

「それでは、グレン学長。帰りましょう」

「む？　おお、そうじゃのう」

名を呼ぶと、グレンは嬉しそうに馬車の方へ向かってくる。

「そうか、飛翔の魔術が使えるのだったか」

レイドが馬を外した馬車を見てそう呟いた。それに頷き、馬車に乗り込んだグレンの背中を見てから魔術を行使する。

風が周りをふわりと包み込み、馬車が浮かび上がった。

「おお……見事な魔術だ」

地上からそんな感嘆の声が聞こえて来る。それに片手の手のひらを振って応えつつ、城下町の方へ向かって空の上を移動する。

「ん？　何か買い物かのう？」

馬車の窓からグレンが顔を出してそう尋ねてきたので、地上を指差して答えた。

「執事やメイドの方々にお世話になったので、お礼の言葉だけでも伝えて参ります」

「……律儀じゃのう」

◇

色々あったが、目標は達成できた。気になっていた用件が無事に済んだことに安堵しつつ、我々は一直線にフィディック学院へと向かう。

「と、飛ばし過ぎじゃなかろうかー」

馬車の窓からグレンが顔半分だけ出してそう口にした。

「いえ、これでも半日かかるくらいの速度ですよ」

そう答えると、グレンが半眼になる。

「……半日で着くのがそもそもおかしいんじゃよ」

と、文句なのか不満なのか分からない言葉を口にした。

それから更に二時間半ほどで、ようやくフィディック学院が見えてくる。遠目からでも大きくて立派な学院が目に入り、やっと帰ってきたという感覚になった。

なにせ、カーヴァン王国の食事の味に慣れるほど滞在したのだから、とても久しぶりだ。

徐々に速度を落としながら学院の真上まで移動して、ゆっくりと中庭に降下する。地上では空から馬車が降りてくることに気がついた学生が声をあげていた。

ゆっくりと中庭の広い場所に降り立つと、校舎の方から何人も生徒達が向かってくる姿が目に入る。

「アオイ先生！」

「どこ行ってたんですか!?」

真っ先に声を掛けてきたのは偶然居合わせたアイル達だった。アイル達は馬車を面白そうに眺めながら話しかけてくる。

「ちょっとカーヴァン王国まで行ってました。予定よりもかなり時間が掛かってしまいましたが……」

苦笑しつつそう答えると、馬車からグレンも姿を現した。

「おお、着いたかのう。物凄い速さじゃったが、それでも長時間座席の上に座っておると腰が痛むのじゃ」

グレンはそんなことを呟きながら、癒しの魔術を使って自らの体を治療する。

「あれ？　癒しの魔術もお使いになられるんですか？」

「おや、アオイ君の講義で教わったんじゃよ」

グレンのその言葉に、思わずグレンの顔をまじまじと見てしまった。

「癒しの魔術は概念と簡単な怪我の治療しか実演してませんが、もう覚えられたのですか？」

聞き返すと、グレンは一瞬キョトンとしたが、すぐにホクホク顔で頷いた。

「おお、そうじゃよ。なにせ、わしはフィディック学院の学長じゃからな。しっかり覚えたぞい。凄いじゃろう？」

得意げなグレンを見て、素直に拍手を送る。

「素晴らしいです。流石はグレン学長」

賞賛すると、グレンはにこにこと笑いながら片手を振った。

「いやいや、大したことじゃないぞい？　アオイ君の教え方が良かったからじゃろうし」

「……いえ、やはり、新しい魔術でもすぐに覚えられるのはそれだけ様々な魔術を扱ってきたということでしょうし、熟練の域にまで達した経験からくる勘所でしょう」

「ふぉっほっほっほ！　いやいや、そんなに褒められると照れてしまうぞい！」

褒められなれていないのか、グレンは軟体生物にでもなったかのようにぐにゃぐにゃとしながら笑う。私は頷きながらグレンの経験値を活かせないか考えた。

「学長。良かったら、私の精霊魔術の研究を手伝ってもらえますか？　私一人の視点から研究するよりも遥かに効率的な……」

私はグレンに振り返り、力強く共同研究を訴えようとした。だが、そのタイミングで邪魔が入る。

「アオイ！　帰ったか！」

元気はつらつといった大声とともに現れたのは、ラングスだった。エルフの王子の登場に、一部女子生徒から黄色い歓声が上がる。ラングスは少々変わった性格をしているが、見た目はとても良いので女子生徒からの人気は凄い。

「ただいま戻りました」

そう答えると、ラングスは両手を広げて輝くような笑みを浮かべた。

「おかえり、アオイ！　早く帰ってこないかと毎日思っていたぞ！　なにせ、私はアオイのこ……」

「それはどうも。とはいえ、それほど長く学院を空けていたわけではありませんが」

余計なことを言いそうなラングスの言葉を途中で遮り、さっさと横を通り過ぎる。すると、今度は五人ほどの男がわらわらとこちらに歩いてきた。

ストラスとロックス、フェルターにコートだ。もう一人は見知らぬ男だが、年齢は二十歳ほどだろうか。もしかして会ったことのあった人だろうか。思い出そうと頭を捻る。すると、一番後方にいたはずの見知らぬ男が、ぐいっとストラス達の前に出て口を開いた。

「おお！　貴女がアオイ殿ですか！」

「え？　あ、はい。どちら様でしょうか？」

やはり会ったことのない人で間違いなかったようだ。一安心しつつ正体を尋ねる。それに男は爽やかな笑みを浮かべて自らの胸に手を当てた。

「私の名前はホス・マッカイ。ブッシュミルズ皇国の上級貴族、マッカイ侯爵家の者です」

ホスという男はそんな自己紹介をした。ブッシュミルズ皇国といえば、フェルターや同僚のヘネシーの出身国である。フェルターは獣人だし、ヘネシーも獣人のハーフなので目立たないが尻尾が生えていたりする。

しかし、ホスは完全に人間にしか見えない。目立たないだけで耳や尻尾も生えているのだろうか。気になって上から下まで眺めてしまった。すると、ホスが笑って片手を振った。

「どうやら、私に興味を持っていただけたようですね」

ホスは柔らかな微笑みを浮かべてそんなことを言う。それに思わず否定の言葉を口にした。

「え？　いえ、別に……」

そう答えたが、ホスは嬉しそうな顔で首を左右に振る。

「恥ずかしがることはありません……侯爵家とはいえ、我がマッコイ侯爵家は庶民的でね。私もよく庶民の通う店などに行くこともあります。私達はとても話が合うと思いますよ」

と、ホスは馴れ馴れしく私の肩に手を置いてそんなことを言った。

「な、ななな……っ!?」

ホスの奥で、ロックスが顔を真っ赤にして奇声をあげる。こちらを指差しながら目を真ん丸にする姿は、まるで悪戯を発見した小学生のようである。

「今のところ、あまり話が合うような気はしておりませんが……」

困惑しつつ、ホスの手首を肩からどかせて一歩後ろに引き下がった。対して、ホスは困ったように笑う。

「まずは、お時間がある時にお食事などいかがでしょうか。この街一番の高級店へお連れしますよ」

と、ホスは懲りずに食事のお誘いをしてきた。よほど私と気が合うと思ったのだろうか。私は一向にそんな気配は感じていないというのに。

「……あまり気乗りしないですね。別の方を誘ってみてはいかがでしょう」

仕方がないので、少しはっきりと否定的な意見を口にした。仮令鈍感な人であっても、これならば分かってもらえるだろう。

そう思ったのだが、ホスは全く気にした様子もない。

「なんと……これは随分と手ごわい方ですね。上級貴族という部分に引け目を感じているのか、それとも強く押されると距離をとってしまうのか……どちらにせよ、貴女は可愛らしい兎のようだね」

ホスは輝くような笑顔で、そう口にした。

どうしよう。なんと言えば分かってもらえるのか。本気で困りかけていたその時、ホスの後ろからロックスが走ってきた。

「ええい、いい加減にしろ！　しつこいぞ！」

ロックスが珍しく良いことを言った。密かにロックスの言葉に頷いていると、コートが肩を竦めてロックスの後ろから顔を出した。

「ホスさん。とりあえず、こんな公の場で女性を口説くのは止めた方が良いですよ。女性は恥ずかしい思いをしますし、もし良い返事を頂けなかったらホスさんの名誉にも影響があるかもしれませんから」

にこやかにコートがそう告げると、ホスは冷たい目をコートとロックスに向けた。

「なんだね、君達は」

ホスがそう口にすると、ロックスは腕を組んで鼻を鳴らす。

「ロックス・キルベガン。このヴァーテッド王国の第二王子だ」

「コート・ヘッジ・バトラーです。コート・ハイランド連邦国のバトラー家の出ですよ」

二人が答えると、ホスは目を見開いて固まった。そこへ、二人の後ろから低い声が聞こえてくる。

「……フェルター・ケアンだ」

フェルターが一言名乗ると、ホスはビクリと肩を震わせてそちらを見た。

「……け、ケアン侯爵家の？　まさか、あの暴れん坊と噂の……!?」

口の中で何か小さくモゴモゴと呟き、ホスはこちらに顔を向ける。

「す、少し、用事を思い出しました。そ、それでは、また後日……」

「ああ？」

「ひぇっ!?」

ホスが別れの言葉を口にしている最中に、ロックスが低い声を発した。それに驚き、ホスは踵を返して去っていく。ほとんど走っているかのような早足で歩く後ろ姿は、とてもではないが高貴な人物には見えないものだった。

「……最近、ああいう輩が増えてるぞ」

ホスの後ろ姿を呆れつつ見送っていると、ストラスが近くに来てそんなことを言った。

「え？　そうなんですか？」

あんな変な人が増えているのか。フィディック学院も有名になり過ぎて変な人が集まっているのではないだろうか。

そう危惧していると、ロックスが分かりやすく大きな溜め息を吐いて首を左右に振ってみせた。

「はぁ……面倒なことにな。殆どが、エルフの王に認められた希代の魔術師と縁を作りに来ただけだ。相手をするなよ」

ロックスはそう言って横目に私を見る。

「……希代の魔術師？　私が、ですか」

聞き返すと、ロックスはガクッと肩を落とした。そして、コートが乾いた笑い声をあげる。

「まぁ、アオイ先生は興味が無いでしょうが、各国では色々と噂になっていますし、これを良い機会と捉えて野心に燃える貴族が多くフィディック学院に来てしまった、という状況です」

そんな説明を受けて、思わず頭を抱えたくなる。つまるところ、私の魔術師としての知名度が上がったことが原因ということだろうか。

「私は今は結婚する気などありません。色々とするべきことがいっぱいありますからね。そもそも、良く知りもしない人から近づかれても困ります」

そう言って息を吐くと、コートが嬉しそうに笑う。

「そうですよね。いや、実はうちも父が是非アオイ先生とお近づきになれるように、みたいなことを言っていたので、どうしたものかと思っていました。私もまだまだ若輩者なので、アオイ先生の気持ちは良く分かります」

コートは声のトーンを上げてそう言った。どうやら、変なプレッシャーを感じていたようだ。

「親の言うことなんて気にせず、自分が一緒になりたいと思う人を選んでください」

そう告げると、コートは照れたように笑う。

「そうですね。しかし、貴族の家とは中々そう簡単に割り切れない部分もあると思います。ねぇ、皆さん」

コートが笑いながらロックス達にそう話を振ると、グッと顎を引いてロックスが怒鳴った。

「ど、どういう意味だ！」

怒るロックスの隣では、フェルターがものすごく難しい顔で腕を組んで唸っている。

「……俺は、いや、違う。俺はアオイを師匠として……」

ぶつぶつと自問自答している様子のフェルター。また、奥ではストラスも同様に変な顔で悩んでいた。

その三人の顔を順番に見てコートが苦笑していると、馬車の方からアイル達がそっと近づいてきた。

「アオイ先生？　本当に誰とも結婚する気ないの？　王族から侯爵まで選び放題だと思うけど……」

「特に興味はありません」

きっぱりと、アイルの言葉を否定する。

「むしろ、王族や上位の貴族の方と結婚などしたら、面倒ごとが増えそうです」

自由に魔術の研究も出来なくなるに違いない。そう思って答えたのだが、なぜかロックスが拳で打たれたようによろめいていた。

「……モテるのう」

と、馬車を飛翔の魔術で浮かせてグレンが歩いてくる。

「どちらかというと道具のように利用しようとしている人がいる、という方が正しいかと」

そう答えると、グレンは眉をハの字にして笑った。

「分からんぞい。中には本当にアオイ君を愛している者もおるやもしれん。そういった人からの言葉は蔑ろにしてはいかんぞい？」

グレンはそれだけ言って、私の返事も待たずに校舎の方へ歩いて行ってしまった。

「……まるで、グレン学長はそういった人物を知っているかのような態度でしたが」

困惑しつつそう呟くと、コートが笑いながらロックス達を見た。

「どうでしょう？　我々にはさっぱり……」

コートがそう口にした直後、フィディック学院の正門の方から大きな声がした。

「おお！　アオイ殿ーー！」

どこか懐かしい声に振り向くと、白いローブが目に入った。

「クラウンさん？」

名を呼ぶと、メイプルリーフの魔術師であるクラウン・ウィンザーが走って来る。何年も経ったわけではないのに随分と懐かしい気持ちになった。まさに魔術バカと呼んでも良いほどの魔術研究家であり、宮廷魔術師の一人でもある。

「どうしたんですか？」

近くまで来て肩で息をするクラウンを見上げて、何の用事があってフィディック学院に来たのか尋ねた。

すると、クラウンは私の肩をガシッと両手で掴み、顔を近づける。

「アオイ殿！　帰ってくるのを待っていました！　さぁ、私に新たな魔術の道を教えたまえ！　あ、勿論こちらも魔術の研究結果を提出する所存である！」

と、ものすごい熱意をもってクラウンは迫ってきた。それに思わず頷き、校舎の方を指差す。

「わ、分かりました。それでは、校舎の方で話しましょう」

答えると、クラウンは満面の笑みで頷いた。

「おお！　ありがたい！　それでは、私は先に！」

クラウンはそれだけ言い残し、一足先に校舎の方へ走って行ってしまう。

「……場所は決めてませんでしたが」

そう呟いたが、すでにクラウンは走り去った後である。それに吹き出すように笑い、私はアイル達を見た。

「どうも私は恋愛というよりも、ああいう方と魔術について議論する方が性に合っているようですね。我ながら、困ったものですが」

アイルの先ほどの質問に少しズレた回答をしつつ、自嘲気味に笑って校舎の方へ歩き出した。

さぁ、暴走するクラウンを捜しに行かなければならない。面倒なことだが、メイプルリーフの宮廷魔術師であるクラウンの研究結果を聞けるのなら好奇心の方が勝つ。

クラウンは立派な魔術バカだが、私も人のことは言えないなと思ったのだった。

番外編　一　謎の執事

レイド王との謁見が無事に終わり、ようやくカーヴァン王国での用事が全て済んだ。私はホッとしながら帰る準備をするべく、長い間お世話になった来賓用の館へと移動する。

「律儀じゃのう」

そんなことを呟き、グレンが苦笑しながら付いてくる。

「理由はどうであれ、大変お世話になってしまいました。せめて宿泊料金という形でお金を受け取ってもらえたら良いのですが」

「ふむ、それは良いかもしれんのう。わしは手持ちがあまりないがの」

「私もです」

そんなやり取りをしつつ、館の門をノックした。ほどなくして、館の内側から扉が開き、あの執事の男が顔を出す。

「おお、これはこれは……アオイ様、グレン様。謁見は無事にお済みですか？」

「はい、滞りなく」

「滞りはあったような気がするがのう……」

私がにこやかに返事をすると、後ろでグレンがぶつぶつと何か呟いた。それに執事も声を出して笑う。

「ははは。いや、思っていた通り、アオイ様は豪胆なお方ですね。是非ともその謁見の光景を見てみたかったところです」

執事がそう口にしたので、軽く首を左右に振る。

「いえ、想像していたよりレイド王が話の分かる方で良かったです。一切話を聞いてくれないような方だったら苦労していたことでしょう」

そう答えると、執事は目を細めて顎を引く。

「陛下が話を聞くかどうか、ということですね。しかし、それはアオイ様が話を聞くに値する人物であると陛下が判断されたと同義だと思われます」

真面目なトーンで執事はそう口にすると、ハッとしたような顔になって私達の顔を見た。

「ああ、これは申し訳ありません。お客様に立ったままで何もご案内しないとは……私としたことが大失態です。皆、歓待の準備を。温かいお飲み物も準備をするように」

執事が慌てた様子で館の中へ横顔を向けてそんなことを言い始めた。それに私は両手を振って遠慮の言葉を口にする。

「あ、御持て成しは不要ですよ。色々とお世話になったので、ご挨拶にきただけです。予定外の滞在となってしまいましたが、皆様のお陰でとても快適に過ごすことが出来ました。本当にありがとうございました」

そう言って一礼すると、執事は背筋を伸ばして居住まいを正した。

「……こちらこそ、ありがとうございます。お二人は模範的なお客様でいらっしゃいましたので、こちらもお仕えすることが心地良いほどでしたよ」

執事は嬉しそうにそう答える。一瞬会話が切れたその時、グレンが思い出したような声を出した。

「おお。そういえば、ロレット公爵が驚いたような顔で見ておったのう。もしや、貴殿は名のある貴族なのではないかの？」

グレンが首を傾げつつそう尋ねると、執事は困ったように笑い、小さく頷く。

「いえいえ、以前ロレット様にお世話になったことがあるだけですよ。貴族と言えるほどの家柄ではございません。そうですね。強いて言うなら、現宮廷魔術師長の元師匠である、くらいの肩書でしょうか」

執事はなんでもないことのようにそう呟いて口の端を上げた。その言葉に、思わずグレンと顔を見合わせてしまう。

「アードベッグさんの師匠？」

「じゃあ、お主は元宮廷魔術師長じゃったのか？　何故、ここで執事をしておるのじゃろう？　わしなら魔術学院の特別教員にスカウトするぞい」

グレンが驚いてそう口にすると、執事は軽やかに笑った。

「陛下と似たことを言われますね。田舎に戻ってゆっくりしようかと思っておりましたが、陛下に頼まれて王都に住めと言われましてね。どうせなら何か宿などを経営しようかとしましたら、陛下から賓客の見極めを依頼された次第です。それで、この館の主人として日々を送るようになり……」

「賓客の見極め？　それでは、執事さんが私達のことを報告していたのですか？」

気になって聞き返すと、執事は眉をハの字にして頷く。

「ええ、そうです。勿論、お二人のお人柄はすぐに把握できましたので、翌日には王城へ謁見許可の報告をいたしました。しかし、いうなればここは最初の関であり、第二、第三の関を越えなければ謁見には至りません。お時間が掛かってしまい、お二人には申し訳ありませんでした」

申し訳なさそうに執事は謝罪して深く一礼する。成程。そういった事情もあってあれほどの歓待を受けたのだろうか。本当なら、執事が認めた段階で謁見が出来ていたのかもしれない。第二、第三のチェックは、恐らくロレットがどうにかしてくれたのだろう。ロレットに話をつけてくれたティスにも感謝しなくてはならない。

「そうだったのですね。いえ、結果として思いもよらぬ休息の時間を得ましたので、身体の調子はとても良いです。こういった時間も大事だったのかもしれませんね」

執事が気にしないようにそう告げたのだが、グレンは大きく頷いて唸りだした。

「うぅむ、確かに！　よし、あと一週間ほど滞在してより健康になった方が良いかもしれんのう！悪いのじゃが、またお世話になっても……」

「グレン学長。帰ったら仕事が山積みですよ。帰らなければいけません」

「Oh……」

グレンが調子のよいことを言いだしたので、一言で切って捨てる。がっくりとあからさまに落ち込むグレンを尻目に、苦笑する執事に対してもう一度頭を下げた。

「それでは、我々は帰路につかせていただきます。本当にお世話になりました」

「はい、またカーヴァン王国に来られた際には、是非とも我が館へご滞在ください」

いじけるグレンを放置して、和やかに感謝と別れの挨拶を済ませる。最後はメイド達も扉の前に並び、皆に見送られる形でカーヴァン王国を去ることとなったのだった。

番外編　ディーンの驚き

私がフィディック学院に戻ってからもそこそこトラブルはあったものの、徐々に学院内は落ち着きを取り戻しつつあった。初めて会ったのに婚姻の話をしてくる変な人も徐々に数を減らし、ようやく講義に集中できるようになっている。

「さぁ、今日は魔術概論の講義でしたね」

足取りも軽く講義を行うべく校舎内の廊下を歩いていると、不意に廊下の曲がり角の方で声が聞こえてきた。聞いたことのある声だ。何となく気になって、そちらへ視線を向ける。

そこにはディーンがいた。ディーンは両手を前に出してぶんぶんと音が鳴るほど首を左右に振りながら、ローブを着た男達に何か言っている。

「どうかしましたか？」

気になって声を掛けに行くと、ディーンが私の顔を見て涙目で走ってきた。

「あ、アオイ先生！」

ディーンが走って来るのを見て、何となく虐めでもあったのかと心配になる。それに、ローブを着た者達は明らかに学院の者ではない。

「……何があったのですか？　もしや、悪い人達に……」

そう口にしてローブの男達を睨むと、ローブの男達は慌てた様子で首を左右に振った。

「い、いや、違う！　我々はカーヴァン王国の者だ！」

そう言って、中心に立つ男がフードを脱いで顔を露出させる。どこかで見た顔だ。

「わ、私は宮廷魔術師のクラクと申します。その、アオイ殿がカーヴァン王国の王都へ来訪された際にご挨拶をしたかと思いますが……」

「ああ、クラクさん。一ヶ月ぶりほどでしょうか。ご無沙汰しております」

ようやく思い出して会釈をしつつ挨拶を口にする。クラクはそれに苦笑しながら頷き、自らの後方に並ぶ者達を指し示した。

「こちらこそ。ああ、彼らは皆私の部下達です。フィディック学院に視察するよう命じられた為、魔術の研究に明るい者達を集めて参りました」

「魔術の研究？　わざわざフィディック学院にですか？　ああ、それで雷の魔術を扱うことが出来るディーン君に？」

クラクの言葉に目を丸くして尋ねると、クラクは悲しそうに眉根を寄せた。

「ええ、そのようなところです……陛下は、今回の事件を受けてカーヴァン王国の魔術が他国に比べて劣っているのではないかと危惧しております。その為、他国の優秀な魔術師が集まるフィディック学院に視察へ行くように、と。そして、特に新たな魔術を習得しているというディーン・ストーン殿と面識を持つように言われました」

「面識？」

聞き返しながら、横目でディーンの不安そうな顔を見る。クラクは釣られるようにディーンを見つめながら、重々しく口を開く。

「……アオイ殿には正直に話をさせていただきますが、この場合の面識とは、非公式での約定を結ぶように、という隠語です。ディーン殿はまだ若く、フィディック学院で多くのことを学ばれるでしょう。十分な知識を得たその後、ディーン殿には無条件で宮廷魔術師の役職を準備させていただきます。更に、新たな魔術学院の立ち上げに関わってもらうことになるでしょう」

あっさりと目的を明かしたクラク。それに首を傾げつつ、視線を戻す。

「それはつまり、ディーン君が他国へ行ってしまわないように、釘を刺すということでしょうか?」

ざっくりとした言い方に言い換えると、クラクは自らの顎を片手でつまむように持ちながら、小さく唸った。

「……申し訳ありません。その言葉の意味するところが少し分からないのですが、簡単に言うとディーン殿に事前の契約を結べないかと確認にきた次第でして」

「なるほど。それは、ディーン君はどうなのですか?」

返事をしてから、ディーンの方を見た。すると、ディーンは不安そうにこちらを見上げる。

「ぼ、僕は……まだ、そこまで考えてなくて……急に決めろと言われても……」

ディーンはすっかり怯えてしまっているようだ。これまでこのように注目されたことなど無かったのだろう。恐怖というよりは戸惑いが大きいようにも見える。

「……とても良い話かと思いますが、ディーン君もとても混乱しているようなので、また一、二年後にでもその話をした方が良いかと思います」

　そう告げると、クラクは肩を落として溜め息を吐いた。

「そのようですな……いや、もちろん悪い話ではないのですが、確かにディーン殿はまだ若いですから、中々決断するのは難しいやもしれません。ちなみに、アオイ殿はカーヴァン王国に来る気はありませんか？　爵位もお約束いたしますし、フィディック学院以上の大きな魔術学院を建設することも約束して良いと言われております」

「いえ、私はしばらくフィディック学院から離れる予定はありません。むしろ、カーヴァン王国の魔術レベルを向上させたいなら、是非有力な魔術師をフィディック学院へ通わせてみてはいかがでしょう？」

「……予想通りの答えでしたな。いえ、ありがたい話です。それでは、毎年十人ほど有望な魔術師をフィディック学院へ通わせるように進言いたします」

　クラクは残念そうに呟き、最後にディーンを見た。

「ディーン殿。また来年も私が今と同じ話をしに参ります。是非とも、祖国の発展の為に力を貸してもらいたい。それでは」

　それだけ言って、クラクは返事を待たずに踵を返した。

「……凄いですね。宮廷魔術師の方からお声がけがあるとは」

　何となく、ディーンにそんな感想を述べる。すると、ディーンは困ったように溜め息を吐いた。

「その……ありがたいけど、いきなり過ぎて何がなんだか、分からないです……」

最後まで戸惑っていたディーンだったが、この話をティスが聞いたらどれだけ喜ぶか。その様子を想像して、私は自然と笑っていたのだった。

番外編　フェルターの葛藤

騒動が少しずつ落ち着いていき、ロックスとコートと三人で学院内を練り歩く行事も自然と消滅した。ロックスもアオイを狙う輩が見当たらなくなったと安心したのか、これまで通り出席できる範囲の講義を受けて学習に専念している。

コートはよく分からないが、一部の講義にだけ出席して残りは姿を見せないようになった。

まぁ、コートの行動が読めないのはいつものことだ。なんだかんだで重要な部分は押さえているので、教員達からは優等生として認識されている。ああいう人物を世渡り上手と表現するのだろう。

一方で、俺は最近全く集中できずに困っている。

普段なら、アオイの講義に出て新たな魔術を学びつつ、日々身体強化の魔術を極めるべく修練を積んでいるところだ。しかし、あの騒ぎの後からどうも修練に集中できなくなっていた。

「……いったい、俺はどうしたというのだ」

頭の中でもやもやと霧がかかってしまっているかのように思考がまとまらず、気が付けば池の水面をぼんやりと眺めて時間が過ぎてしまっている。

時折行っている瞑想などでは断じてない。ただただ考えがまとまらずに呆けてしまっているだけである。

まるで爺にでもなったかのような気分だ。

「……このような状態では、まずアオイどころかジジイにも勝てない」

深く溜め息を吐いて、そう呟いた。我がブッシュミルズ皇国で武力の象徴とも言われるケアン侯爵家当主、ラムゼイ・ケアン。我が父ながら、いまだに素手で戦う武闘会でも敵無しの怪物ジジイだ。

アオイに師事し、ようやく勝てる見込みが出て来たのだが、今の俺では以前同様完膚無きまでに叩き潰されてしまうだろう。

勝ち誇ったジジイの顔が思い浮かび、腹立たしさに奥歯が折れそうなほど歯噛みする。

「絶対に許さん。ジジイの顔面に思いきり拳を叩きこんでやる」

歯を見せて馬鹿みたいに笑うジジイの顔を想像し、怒りを燃料にして思考をまとめていく。あまり感謝はしたくないが、お陰でジジイを叩きのめすという目標に向けて意識がすっきりと晴れたような気がした。

その時、池と反対側、俺の背中の方から声が聞こえて来た。

「ああ、ここにいたのですね。捜しましたよ」

アオイの声だ。

思わず、ぐっと息を飲み込んでしまう。

「ぐ……っ」

変な呼吸をした代償か。急に咳き込んでしまった。

「どうしました？　大丈夫ですか？」

隣に来て、アオイがこちらの顔を覗き込むように見て来る。その目を見返し、怒ったように咳払いをした。

「……大丈夫だ。問題ない」

それだけ答えると、アオイは首を傾げながら池の水面に目を向ける。

「ここは良いですね。ソラレ君も好きだと言っていましたよ」

「ソラレ？　ああ、そういえば、ここで何度か会話したな」

アオイの言葉に、過去の記憶が蘇る。学長の孫であるソラレとはそれほど親密に多くの会話をしたという記憶はないが、不思議と近くにいても気にならない奴だった。魔術師としての実力は確かなのに、何故か馬鹿にされたり、イジメにあったりしていた変な奴だ。

「ソラレはどうなんだ？」

そう尋ねると、アオイは困ったように眉根を寄せる。

「少しずつ講義を受けに姿を見せてくれるようになりましたが、まだまだですね。ゆっくり慣れていくしかないので、気長に講義に誘っていこうと思っています」

「……そうか」

軽く返事をして、口を閉じる。お互いお喋りな方ではない為、少しの間沈黙が場を支配した。

アオイは、これまで見たことがないような強い戦士である。魔術師として優れているということは認識していたが、実際に戦ってみて印象は大きく変わった。

強く握れば折れてしまいそうな腕だというのに、身体強化の魔術で強化された一撃はジジイをも凌ぐほどだ。その力を活かす剣の技術も目を見張るものがある。そして、何より揺さぶられることのない強い心だ。単純に自身より強い者が現れたところで、アオイの冷静さはブレることもないだろう。

もしアオイを倒すとしたら、純粋な剣術の勝負として挑み、力でも技術でも勝らなくてはならないのだ。だというのに、今の自分はとてもではないが戦えるような状態ではない。

まず必要なのは精神修行だろうか。真剣にそんな悩みを抱えていた。

しかし、頭に妙な感触があり思考が中断される。

「……何をしている」

抗議の言葉を発した。すると、ハッとしたような顔でアオイがこちらを見た。

「……悩んでいるようだったので、頭を撫でて慰めようと……」

「慰める必要もないし、頭を撫でる必要もない。止めてもらおう」

きっぱりとそう告げたのだが、アオイの手は全く離れなかった。

「……シェンリーさんはふわふわですが、フェルター君はすべすべですよね。それぞれ個性がありつつ、どちらも極上の触り心地です」

アオイはまるで品評でもしているかのように呟きながら、一心不乱に頭を撫でまわしていた。全く話を聞いていない。

そう思った俺は、深く溜め息を吐いてされるがまま、頭を撫でられたのだった。

あとがき

こんにちは。井上みつるです。この本を手に取ってくださった皆様、誠にありがとうございます。ありがたいことに、なんと六巻が出てしまいました。これは私の中で素晴らしき偉業です。そんな浮かれた気持ちで書かせていただいたこちらの巻。話は有名になってしまったアオイの環境の変化と、それに合わせて現れた傲慢な貴族の成敗が大きな内容となっています。また、生徒達の行動や考え方の変化、新たな気づきにも注目していただけると幸いです。

そして、重大ニュースをここで発表します。

なんと、異世界教師のコミカライズ版がスタート！　その記念すべき第一巻がほぼ同時に発売されます！　わー！　ありがとう、ありがとう！

これまでも鈴ノ先生の素晴らしいイラストを楽しむことが出来たというのに、咲良先生の魅力的で可愛らしいコミック版の異世界教師の世界を楽しむことが出来てしまいます。なんと素晴らしいことでしょう。恐らく、この二冊の初版はプレミアがつくことでしょう。資産として購入をお勧めいたします。

それでは、冗談はこれくらいにして、最後にお世話になった皆様に感謝を。美麗かつ魅力的な素晴らしいイラストを描いてくださる鈴ノ様にはファンの一人としてとても感謝しております。本当にありがとうございます。イラストが出来上がるのを読者よりも楽しみにしていると思います。また、いつも原稿や今後の展開について相談に乗ってくださっている担当のS様。更に、新たに担当につかれたK様。気が付いたらどこかでストーリーがいってしまいそうになる私の小説が無事に本として出版されるのはS様、K様のお陰です。今後も何卒よろしくお願いいたします。

そして、前巻に引き続きこの作品を手に取ってくださった皆様。皆様のお陰でアオイたちの日々を楽しく書くことができ、更にはコミカライズまでされてしまいました。本当にありがとうございます。次巻が出た際には、是非ともお手にとってみてください。

6巻発売おめでとうございます！
今作も楽しく描かせて頂きました！
皆様いつもありがとうございます！
Suzuno

異世界転移して教師になったが、魔女と恐れられている件 ⑥

～教師一筋なので恋愛なんかしている暇はありません～

発行 ―― 2024年2月1日　初版第1刷発行

著者 ―― 井上みつる

イラストレーター ―― 鈴ノ

装丁デザイン ―― 石田 隆（ムシカゴグラフィクス）

地図イラスト ―― 高田幸男

発行者 ―― 幕内和博

編集 ―― 佐藤大祐　児玉みなみ

発行所 ―― 株式会社アース・スター エンターテイメント
〒141-0021　東京都品川区上大崎 3-1-1
目黒セントラルスクエア　7F
TEL：03-5561-7630
FAX：03-5561-7632

印刷・製本 ―― 図書印刷株式会社

ISBN 978-4-8030-1897-4